NON-FICTION WORKS OF CHEN DANYAN

THE MAZE IN THE PUBLIC GARDEN

公家花园的迷宫

陈丹燕 著

上海文艺出版社
Shanghai Literature & Art Publishing House

序

  从2003年开始写《外滩：影像与传奇》第一稿，到2012年写完《成为和平饭店》最后一稿，我的"外滩三部曲"（《外滩：影像与传奇》、《公家花园的迷宫》、《成为和平饭店》）写了十年。

  1937年，美国作家豪塞在他描写外滩的书里写道：外滩是上海外置的心脏。而我，则在六十多年后描写了外滩如何成为新中国上海无可争辩的象征。上海是个反复经历沧海桑田剧变的都会，而外滩，则是这种剧变的纪念碑。

  2014年，我的"外滩三部曲"集合成套，在外滩所在的城市——上海出版印行。时至今日，我想，自己努力承担了对养育我的城市的作家使命——尽我所能，为这条充满象征并不断变化的河滩留下有血肉的历史细节，为它的过去与现在，更为它的将来。

  作为一个作家，我在十年来用文字和照片对自己居住的城市的探索中，摸索着表达它层层叠叠故事的写作方式，写作手法和词语库。我在努力尽到一个作家的本分。作为自幼随父母迁徙而来的移民，我是在长年对上海往事的探究中渐渐认同它为家乡的。

  外滩三部曲，是我生命中最重要的工作。

陈丹燕
2014年6月29日

PUBLIC AND RESERVE GARDENS.
REGULATIONS.

1. The Gardens are reserved for the Foreign Community.
2. The Gardens are opened daily to the public from 6 a.m. and will be closed half an hour after midnight.
3. No persons are admitted unless respectably dressed.
4. Dogs and bicycles are not admitted.
5. Perambulators must be confined to the paths.
6. Birdnesting, plucking flowers, climbing trees or damaging the trees, shrubs, or grass is strictly prohibited; visitors and others in charge of children are requested to aid in preventing such mischief.
7. No person is allowed within the band stand enclosure.
8. Amahs in charge of children are not permitted to occupy the seats and chairs during band performances.
9. Children unaccompanied by foreigners are not allowed in Reserve Garden.
10. The police have instructions to enforce these regulations.

By Order,
N. Q. Liddell,
Secretary.
Council Room, Shanghai, Sept. 13th. 1917.

公家花园园规

PAGE-01
一、爹爹

PAGE-21
二、颜永京

PAGE-47
三、柳叶撇

PAGE-67
四、混血儿

PAGE-97
五、筷子俱乐部

PAGE-115
六、意大利冰激凌

PAGE-137
七、一张椅子

PAGE-163
八、公园进行曲：影像、档案与素材

- CONTENTS -

上海靠岸公園
Lawn along the Bund Shanghai

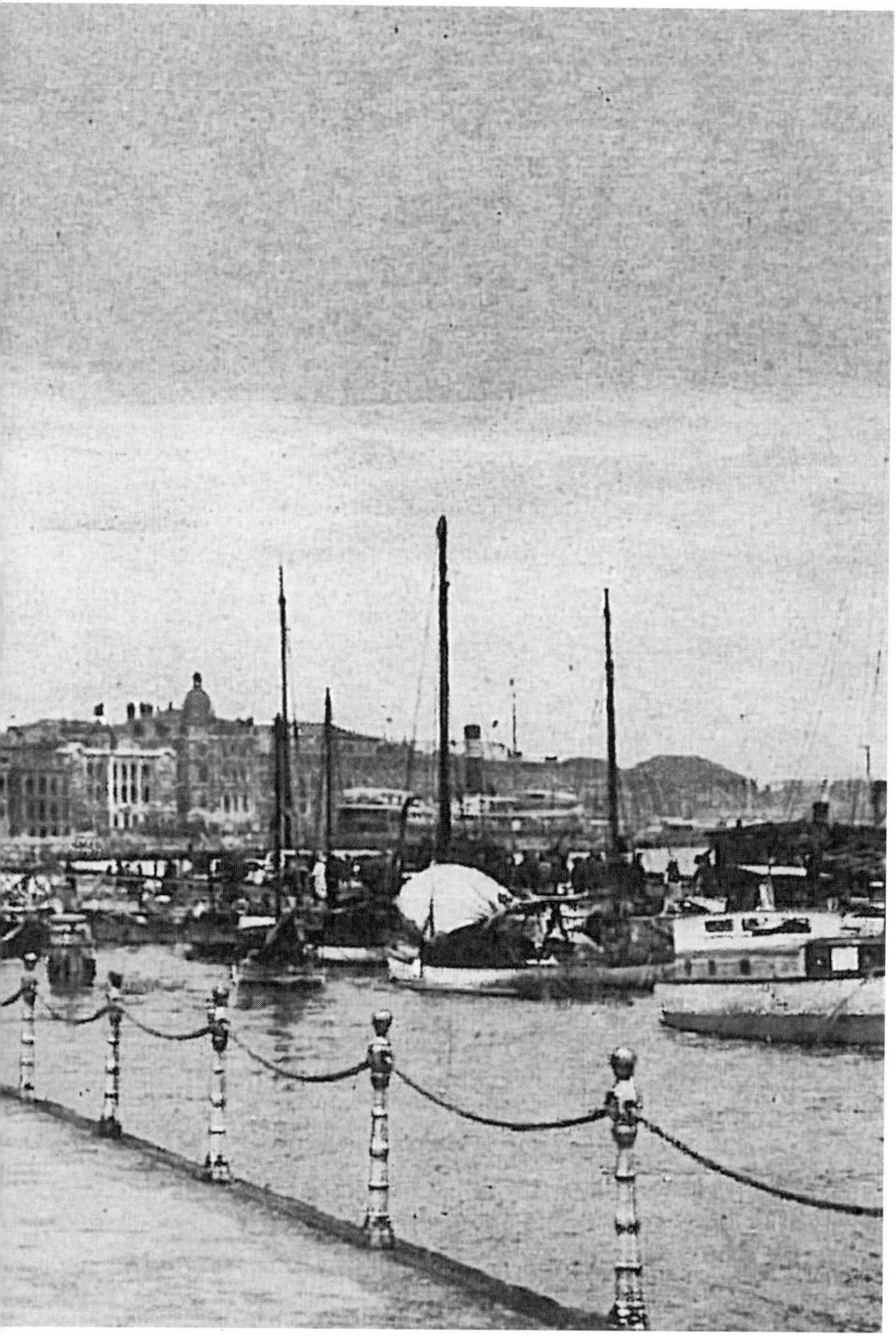

Kirghiz avec un aigle royal

PIECE.01 爹爹

公家花园的迷宫

1975年，无论人心还是社会，只是仿佛没有白日一般的睡意深沉。一过晚上9点，人们便真的睡熟了。上海的大街小巷，无论是陈旧的1940年代花园洋房，还是1930年代的美国式公寓，或者是1920年代的石库门里弄，1910年代涂抹了棕红色油漆的木质板屋，都渐渐散发出压抑而失望的躯体在沉睡时动物般微臭的体味。那深长而寂寞的睡意，如街道上的夜雾沉甸甸地漂浮着，笼罩了整个城市。三年前，毛泽东诗词的美国翻译者伯恩斯通从上海访问归去，发表观感说，中国人的身体丝毫没有本位感，它们如此沉静，犹如自然界中的山水。从1972年到1975年，人们仍旧生活在一片苍茫之中，由于不再用红漆大规模地涂抹街道和建筑，也不再大幅张贴革命漫画，这个城市在平静里渐渐显得凋敝和灰暗，在江南多云的天空下，如同一个白发苍苍，并患有抑郁症的老人。

吉迪在1975年初夏时，对一个叫史美娟的女孩一见钟情。吉迪当时正靠在大礼堂后台的一扇窗前，握着块松香，在小提琴弓的马鬃上来回拉着。他是沪光中学小分队的，拉小提琴。他穿着一件的确良白衬衣，因为要演出，特意向父亲借来。他自己的白衬衣已经穿不下了。父亲的白衬衣突然衬托出他瘦削而平坦的肩膀，当他垂下头凑近领口时，偶尔能闻到自己被衣服包裹的躯体散发出的荷尔蒙旺盛的气味。

那时，表演舞蹈的女生们正挤在后台楼梯口候场。幕布本是紫红色平绒布做的，因为积满灰尘而几近褐色，那个后台陈旧颓败，到处都灰扑扑的。而那些穿着淡黄色紧身衣的女孩子，则像

一、爹爹

一大片灯光那样耀眼而突兀。在革命时代的尾声，人们小心翼翼地表现出对旧时代的模糊缅怀，这种对时代的反动在民间滋生，犹如偶尔落在阳台上探头探脑，战战兢兢，一触即飞的麻雀。并没被十年以前革命狂飙惊吓过，只是被后狂飙时代的禁锢和无聊折磨的少年们，在这场怀旧潮中担当了先锋的角色。这一年，沪光中学参加上海市中学生文艺汇演的舞蹈节目，表现的是学生如何向农民学习放鸭子，在广阔天地里成长。在这个陈词滥调的节目里，出挑的是那十二个扮作小鸭子的女生。她们在腰上围了一圈平日里只用来装饰国庆报栏的淡黄色绉纸，这种绉纸有弹性，也很结实，她们用它来代替芭蕾舞短裙的绉纱。远远望去，盈盈一尺长的淡黄色绉纸裙从她们腰间蓬起，露出了膝盖以上的部分大腿，几可乱真。她们将头发紧紧扎成发髻，在发髻上插了一根染成黄色的羽毛。这样的扮相，令人不得不联想起《天鹅湖》里的小天鹅。

她们早早换好了演出服，汇集在后台，每个人都努力扬起下巴，伸直脖子，高高在上的，令人不敢随意接近。

虽然当时中学里的风气，男女生不会轻易交谈，平时即使在校外迎面遇见，也是视而不见地擦肩而过，但吉迪还是确切地感受到女同学们的飘飘欲仙，和她们心中奔腾的狂想。他知道她们认定自己此刻就是电影《列宁在1918》里那些翩翩起舞的旧俄芭蕾舞娘。他猜想她们矜持还有一个原因：就是不知道作为电影里的人物，她们应该如何举手投足。电影里只有三分钟的时间是跳舞的，然后就被冲上舞台的革命者打断了。倒在地上的天鹅惊慌

公家花园的迷宫

地爬起来，然后永远消失在幕布后面。这些女孩子都是和他在一个街区长大的，小时候是在同一场学校包场电影里看了《列宁在1918》。看到俄国士兵与自己的妻子吻别时，在银幕上被放大的，因为接吻而变得柔软的嘴唇，和接吻发出的"啧啧"声，曾吓得大家鸦雀无声，从此永志难忘。吉迪知道她们此刻假装不在意，其实她们正像雷达那样密集地捕捉着别人的注目，并万分受用。他轻易就看穿了这些虚荣的小技巧，他生性温和，生怕让人难堪，所以只事不关己地淡淡笑着，握着一小块琥珀色的松香。就在这时，他看见了史美娟。

她是继光中学小分队的。她穿了一条用大红麻葛被面改装的朝鲜大裙子，颧骨高高的，又宽，浓重的腮红像红旗一样招展。她眉毛又浓，脸又圆大，像无锡大阿福一般。她拨开一片昏暗，红光灿灿地走了进来。她看到那群矜持的女孩子们，整个人突然被提起来似的，焕发出一种毫不掩饰的惊喜。她甚至惊呼了一声："哦哟。"

她闪闪发光的圆脸，如闪电一般击中吉迪。他心里平地响起一声雷。在隆隆雷声中他争辩道："她才是俄罗斯女孩。"一时间，《初恋》里那个亚麻色头发的少女，《复活》里的玛丝洛娃都奔涌到他的眼前，那都是他好不容易向别人借来的旧俄小说里与爱情有关的少女。十五六岁以后，他开始费尽心机搜罗俄罗斯小说，相比欧洲小说来说，俄罗斯小说在1960年代的发行量更大，品种更多，1970年代时更容易找到。而且书中的世界正符合他心中对世界的期待，有时就像一个瓶子对上了它的盖子一样丝

一、爹爹

丝入扣。每逢遇到这样的时刻，他总是捧着残破的旧书，感动得几乎落泪。吉迪望着史美娟，与他雷达般的女同学相比，史美娟很平实，还有些笨拙。吉迪心里决堤般地涌出了怜爱，是俄罗斯小说和诗歌中对乡村少女的那种赞美和深情。在绉纸做的蓬蓬裙和被面做的朝鲜长裙间仅仅一刹那的较量中，他突然有了爱护史美娟的渴望。柔情如倾盆大雨般向他袭来，简直让他恐惧。他右手紧紧捏着手心里的松香，左手牢牢扣在弓上，由于用力太猛，指甲变得惨白。

他记不得怎样开始的，他们就交谈起来。史美娟的声音像她的长相一样，有种闹市里成长的粗粝。她说话的时候，好像把嘴咧得太大，声音轻易就越过口腔冲出来，不像他班上的那些女生小心面部的分寸。虽然大家说的都是上海话，但她有种特别市井的口音。他的女同学们即使在1975年那样万物都夹着尾巴的年代，也在心头暗暗横起一把母亲言传身教的尺，度量杀富济贫后残存在人民中的阶层界线，并执拗地捍卫它。她们有时甚至比她们的母亲还要顽强。他知道，她们是断断不肯与她攀谈的。但史美娟的这些不足，却正好符合吉迪对自己爱情的期待。

女生们冷冷的眼神扫过来时，吉迪感到它们就像自己在发高烧时，母亲触摸他额头时冰凉的手掌。浑浑噩噩中那种突然袭来的舒服又令人错愕的凉意，让他既受用，又有些为自己担心。小宁锐利而惊愕的眼神，则如指甲划过。她的眼睛极黑，在脸上如同惊叹号。她只飞快地瞪了他一眼，说不清是惊愕还是恍然大悟，然后就一言不发地转开眼睛。从幼儿园同班以后，吉迪和小

公家花园的迷宫

宁接着小学同班，中学同班，彼此一直在对方视线里，却再也没交谈过。

吉迪参加演出的节目，是小提琴合奏《云雀》。开弓不一会，他就发现琴弦下方棕红色的琴面上，积了一层白白的松香灰，他意识到，这一定是刚才松香上得太多了。"这就是那个！这一定就是那个什么爱情！"他在罗马尼亚欢快的民间小调里，与心中的不相信争辩。在小提琴黑色的琴托上倾斜着打量回荡着音乐声的陌生礼堂，他看到黑沉沉的高大天棚，两边带有焰式拱廊的大厅，后背高高的长条椅，地板吱吱嘎嘎直往下陷的舞台，他猜想这里原先应该是个废弃的教堂。他自己学校的礼堂从前也是座废弃的教堂，他很喜欢在那里排练，因为教堂的穹顶放大了他们幼稚的琴声，突出了音乐的神圣。他在每一个可以揉弦的地方都不放过，竭力晃动他的左手，享受献身般的神圣中那种温柔与洁净。他回想起史美娟出现在后台的样子，她身上的麻葛被面上织着一条字：国营上海第八丝织厂出品。她一点也不遮掩。春天湿润而苍白的阳光透过雨痕斑驳的玻璃窗落在她手上，他看到她的手很灵活，指甲旁边的皮肤长着发红的肉刺，这是一双勤劳的手。此刻，他将她的身影嵌进了一道失修多年的焰式拱门里，就像书中玛丝洛娃在复活节前夜的教堂里遇到聂赫留朵夫的情形一样。

吉迪恍恍惚惚的，回到后台，跟着同学一起返回学校，然后，夹着贴皮的琴匣子回家。他经过襄阳公园，看到初夏的梧桐树梢上方东正教堂陈旧的圆顶。大家都喜欢在梧桐树下照相，以

一、爹爹

教堂的大小圆顶为背景。其实，东正教堂已经成了工厂的车间。经过它时，能闻到一股机油气味。缺钙的小孩子，仰着苍白的圆脸在树下的草坪上跑来跑去。这是他生活中的公园。母亲管襄阳公园叫杜美公园，这是它1940年代的旧名字。经历了那么动荡的新时代，母亲却还是刻意保持着旧细节，她甚至还保留着当年与父亲约会时的戏票和节目单，那是一张印制拙劣的兰心剧院的节目单，有白俄表演的舞蹈，那是父母最心爱的消遣。那个晚上，看来是她此生的高潮。难得的是，她那时已有预见。

他想着史美娟的声音："我就在黄浦公园门口等你。"后台从来都是这样乱，带队老师压低嗓子招呼学生，从台上冲下来的人还留着表演时的兴奋，随手将别人拨拉到一边，幕布被掀动了，浮尘四合，台上的歌声在后台回荡，他们的谈话总被打断，因而也变得急促紧凑，心心相印。就在他不得不挤回小提琴合奏的队列里去的最后几分钟，史美娟直接定下了约会地点。

沿着襄阳公园的外墙走回家时，吉迪才真正反应过来，史美娟要他去黄浦公园见面。那可是传说中追求时髦的粗鲁青工谈朋友的地方，是家里地方太小，没地方去的窘迫青年约会的地方，他从未想过自己会与那样的地方有什么联系。他回想史美娟的脸，她扭歪了嘴角，那个笑容显得有些古怪，过于亲昵，或者过于主动。此刻想起来，那几乎就是一张陌生的脸。吉迪有些拿不准自己，他发现自己心里对黄浦公园这个建议有一股说不出的抵触和失望。

公家花园的迷宫

不过，星期天一大早吉迪还是出发去了外滩，还特地戴了父亲给的旧手表。在1975年，中学生戴手表，已足以炫耀。父亲将自己用旧的瑞士手表交到他手里的时候，曾说过，一个男人懂得如何炫耀，而不是简单的卖弄，这才算本事。这几年，父亲常常就事论事地讲一些人生警句给他，他只是诺诺，没有搭腔，因为他觉得这样的场面有些做作。

吉迪乘坐的两厢式电车吱吱扭扭一路响着，经过淮海中路。华亭路口新华书店的玻璃橱窗里挂着毛泽东的画像和几本32开的小说书，虽然有大幅宣传画和领袖画像还有彩色绉纸的点缀，陈列着纸张粗劣、种类单一书籍的橱窗，还是难掩萧条。1940年代林森中路上时髦的国泰大戏院仍旧站在现在的淮海中路和茂名路交界的街角上，它如今叫人民电影院。不再喧哗的门口贴着巨幅的阿尔巴尼亚电影广告画。传说这家电影院画电影广告的美工是个个头矮小的老克勒，他画的电影广告有让人心领神会的洋派，却找不到一点把柄，在传说里，他画的上海郊区风景足以与法国的印象派比肩。吉迪的姐姐和母亲晚饭后散步，常常就以到这里来看广告画为目的地。到淮海东路后，木头门板尚未卸下的店铺越来越窄小，虽然行道树还是梧桐，但树干也明显地瘦小下来，失去了淮海中路梧桐森森的租界趣味。这里的空气中也多了一种燃烧着的木头的气味。等车窗里扑进来的气味再次变化成咸腥潮湿，电车在旧大楼的沟壑里拖动着身体，好像一只爬行的蜈蚣；所有的市声都被街道两边的大楼放大了，令人感觉动荡不安，外滩就到了。

吉迪从26路电车终点站走出来，心里仍旧想着史美娟的话。

一、爹爹

当时，她在嘈杂的人声中说："我家就在上海大厦后面。"这倒算是一条去黄浦公园的理由。堂·吉诃德在贵族小姐窗下弹琴唱歌，他也为史美娟去黄浦公园。

吉迪经过沿江的那一排阴沉的大楼，公园坐落在外滩的尽头，仿佛长句子的一个句号。

吉迪想起了上小学时的经历。从公交公司借来的大客车里塞满了小学生，一个香蕉座上要坐四个小孩。老师坐在司机座后面一只滚烫并隆隆作响的铁皮鼓包上，她身边放着一只灰绿色的茶水桶，茶水桶上面用红漆笔写着学校的名称，这是从男厕所和女厕所中间的桌子上搬来的。参观过外滩以后，他们将要在公园里野餐。

老师的声音又尖又亮，就像李铁梅，她说话的时候也总是把上唇用力压下来，像京戏演员一样逼尖了嗓子。他们的队伍沿着阴沉高大的大楼前的人行道走着，房子的墙上有许多大石头，门楣上有被敲掉了鼻子的石像，阔大的门窗都很神秘地紧闭着。他们在两栋冲天的高楼前停下来，各班聚拢在班主任四周，听她讲解沙逊大厦和中国银行大楼的历史。老师的声音最清晰尖亮，压住了其他的老师。她说，一栋楼比另一栋楼要高六十厘米，因为外国资本家不肯中国人造超过他家楼房的高楼。吉迪记得自己仰着头看，可怎么看，都还是中国人造的银行更高些。他心里十分疑惑。然后，他们就来到公园门口。老师让他们一只脚站在大门里面，另一只脚站在大门外面，她要大家感受到两只脚的不同，一只是"华人与狗不许入内"的脚，另一只则是"中国人民从此

公家花园的迷宫

站起来了"的脚,这就是新旧社会两重天。然后,大家一起把象征着旧社会的那只脚跨进去,与象征新社会的脚汇合。他们班的活动又是全校最有趣的,别班的小孩既嫉妒又讥讽,围着他们起哄,说应该把他们都从两腿之间劈开,不能让旧社会跟着新社会享福。而且,像吉迪这样把左脚代表旧社会,右脚倒可以代表新社会,根本就是反动的。千万不要忘记阶级斗争。

吉迪快快不乐地回忆着这些,一边穿行在大楼的阴影里。

看到史美娟,吉迪的心咯噔一跳,她正一只脚前,一只脚后地站在公园大门口。她脚上的丁字扣黑皮鞋,在一双白袜子的衬托下格外隆重。吉迪似乎想要逃开,但他的脚却加快步伐,载着他的身体向她跑去。

他的肩膀向左面倾斜着,像一架拐弯时的滑翔机。

史美娟将他带到卖门票的窗口前,自己往旁边一闪,示意吉迪买票。她幸福地看到吉迪腕上露出的手表。她心里闪过回忆,那些看上去很有身家的成年男人,就是这样露出腕上的手表,给他们的女人买一张公园门票的。这样的情形,让她这种从公园靠外白渡桥的一小条豁口里爬进去,时常因此被园丁驱赶的小女孩深为羡慕。吉迪脸上也有与他们相似的沉稳,这就是她想都没有想,就定下要到公园里见面的原因。她从小喜欢在公园里混,见识过这里形形色色的人,可她从小就喜欢看那些带着好看女人散步的沉稳男人。在她心里,这才是真正的生活。穿着皮鞋,戴着手表,见多识广却斯文地闭着薄嘴唇,这才是真正的男人。即使是1967年跳黄浦江自杀,也是这种男人最周正,不像其他人那

一、爹爹

样弄出很大的动静,死得像唱戏。史美娟曾见过一个端端正正的男人跨过堤岸上的围栏,向江中走去,就像在散步时一样不紧不慢,水渐渐浸没他的肩膀,他的脖子,然后,几乎是突然的,水面上就空了。这个公园里常有人自杀,为什么的都有,她第一次看到人这样静默坚决,心中震动。晚上忍不住在饭桌上提起,爹爹酒气熏天地说:"是只模子。"

吉迪腕上的表面上黄渣渣的,是很有来历的样子。史美娟心花怒放。

要不是吉迪提起,史美娟还没发现花坛后的高大铁皮板上,他们小时候红彤彤的毛主席像已变成正在欢呼着的红小兵画像了。她常来公园玩,已经习以为常了。倒是吉迪看出了变化。初夏时分,花坛里开满一串红。史美娟路过花坛时,趁门卫不注意飞快地将手在花上一撸。等走过花坛,她笑着将手掌摊开给他看,手心里已松松地握着一把细长的红花。偷花一直是她的拿手好戏。弄堂里的女孩子谁也比不上她伶俐。偷一串红吃,偷茉莉花给姆妈泡茶,偷草地上的野荠菜回家烧荠菜豆腐羹,偷树上的无花果哄弟弟妹妹,这些都是她的能耐。

她拿起一朵一串红,将花尾放到唇齿之间,轻轻一唆,花茎里的一小滴甜水就渗到嘴里。然后,她递给吉迪一朵:"你试试,里面有甜水的。"

吉迪照样试了试,果然花尾里有些甜丝丝的,他从未想到过还可以吃花,他小心翼翼地不让自己的牙齿碰到花朵,但还是有股吃了肥皂般的感觉。见吉迪咧着嘴,她也皱起眉毛来笑:"要

公家花园的迷宫

是碰到牙齿,就像吃到蜡烛一样的呀。"

微微隆起的草坡上站着一只孤零零的白色凉亭,有一家人穿得整整齐齐的,聚拢在亭子前拍全家福。史美娟告诉吉迪:"我家也在这里照过全家福的,在我姐姐和哥哥到黑龙江兵团去插队落户以前。我全家都来了,阿姨爷叔家的人也都来齐了,他们来,多少要带点礼物来,我爹事先就吩咐姆妈不要买全带到黑龙江去的东西,看亲眷们都送了些什么再说。我爹爹精明得很。我们家人多,镜头里摆也摆不下,他就拼命让我们挤拢去。大家都摆好功架笑,笑得我下巴都酸死了,可爹爹还没有把所有的人都摆妥当。真正将我们笑死了。"她打量着那户暴露在镜头里的人家,他们喜气洋洋的,不是家里的孩子从乡下回来探亲了,就是外地的亲眷来做客了。在他家拍照的时候,她高高兴兴地想到姐姐走了以后,她可以占用姐姐的抽屉了,那可是一只带暗锁的抽屉。而且,她终于有了一床独用的被子了。在她们家的那条街面上,像她这么小就有独用的被子,已经算是条件好的了。而且,她家还有一架照相机,爹爹年轻时从中央商场里淘来的旧货。她能理解站在最前排的孩子们脸上的骄傲。

走下草坡,就是堤岸。一条白色铁皮船正缓缓经过江面,一孔孔的舷窗下,都拖着黄色的锈渍。吉迪看到堤岸边的椅子上,已坐满了人,大多是成双结对的男女。他看见一个穿蓝罩衣的女人,正专心致志地给将头搁在她大腿上的爱人抠耳朵。另一对男女,却紧紧贴着脸,满脸都是情不自禁的笑容,看上去就像新闻片里的两只随风摇曳的苹果。自从看过《列宁在1918》以后,

一、爹爹

吉迪似乎再也没看到过男女亲热的场面，他心里轰地响了一声。这里果然能看到男生们私下传说的十三频道。吉迪发现长条椅上的人都手脚不怎么安分，他们的脸上，也都有种奇怪的，类似于被责备后，破罐子破摔的表情。吉迪慌忙闪开眼睛，并侧过肩膀来，好像要为史美娟挡住堤岸上的不雅。而史美娟却嘻地笑了声，说："看好，他们马上就要吃'铅丝'了。"

吉迪在班上听到世面上流行的切口，叫接吻"铅丝"，"铅丝"不是真的铅丝，而是英文kiss的意思。这都是热衷做小阿飞的男孩的作为，他从未尝试过真的在生活中使用阿飞的语言。但他此刻勉强自己说："你们这里叫吃铅丝啊，我们那里叫扯铅丝。"他看到她手指上细小的疤痕，想：那是当初的肉刺留下来的吧。

"反正差不多。"史美娟怕在这里深究下去，要是一定要搞清楚到底是哪个字，她还真说不清楚，这本来就是孩子们口头流传的，本来就不计较哪个字。

"你看，还在谈朋友的人都坐在椅子上。已经敲定的人就到树丛里去了。"史美娟顺手指指他们身边正经过的冬青树丛，将话题转开，"你看到那边地上白花花的东西了吧？就是他们留下来的塑料纸，垫屁股用的。联防队的人最喜欢抓这种野鸳鸯了。到晚上来捉，特别是夏天，能从树丛里捉出一长串来。捉到办公室里去审问，然后让单位来人领。"

"你怎么晚上也会到公园来的？"吉迪问。

"我们来乘风凉。带着席子来，铺在草地上，这样躺在草地上才舒服呢。我们街坊的小孩一来就一帮。我弟弟他们奔来奔去，我们女孩就在草席上躺着讲梅花党的故事，还有塔里的女人。"史美娟四下望了望，"这些都是手抄本呀。"

吉迪也听说过手抄本的事，好像都是些黄色故事，可他没机会借到，可也不敢问史美娟里面到底说了些什么。他家的风格很谨慎，懂得规避，他没想到这女孩这么口无遮拦，就像她说话时运用口腔的方式。

公园的小径将他们引导到一个水池旁边，水池后面陈列着一座太湖石假山。吉迪想起小时候在这里野餐，老师就将茶桶放在水池的宽沿上。有两户人家集合在假山前照相，还有一对情人在旁边等待。史美娟的脸突然红了，冲其中一家人队列中高瘦但头却圆大的男孩子挥了挥手："洋钉！"她叫。

"番茄！"那个男孩将眼睛从她身上扫到吉迪身上，似笑非笑地回应道，"哦唷，番茄今天要炒蛋哉。"

她的脸更红了，吃吃笑着抬起手来，好像要扑过去打他。又转过头来对吉迪解释说："他叫我番茄，因为我小时候脸上长冻疮，总归很红，好像血色很好。"

吉迪"噢"了一声，她脸颊上是有些淡褐色的斑痕，他开始以为是蛔虫斑。她喜洋洋地回望着他，看到他飞快地调开眼睛，她以为吉迪吃醋，就赶快解释："洋钉是我家邻居，洋钉的爸爸妈妈就要回新疆去了。他住在奶奶家。他其实没有上海户口，毕业时很讨厌的。"但是，吉迪看起来也并没有因此而高兴起来。他说："他们不该选在假山前照相，这样看起来，像花果山上的猴子。"

一、爹爹

　　史美娟本想要笑的，但没笑出来，就又不想笑了。洋钉一家人虽然不好看，而且弄堂里的人也的确常常开他家身材的玩笑，但她不想吉迪笑话他们。

　　他们沉默地在公园里游荡。路过小卖部时，他们看到那里已经放上了冰箱，冰箱白色的表面写着"冷饮"两个淡蓝色的大字，带来了夏天令人愉快的气息。冰箱上还有一只用棉被裹起来的大茶桶，那里面有冰水调制的酸梅汤。八分钱即可买到满满一塑料杯。酸梅汤是深褐色的，凉得让人肚子里的肠子都打哆嗦。有几个男人正站在冰箱前面的凉棚下喝酸梅汤，垂在身体一侧的手紧紧捏着带拉链黑色人造革包，看样子是几个外地来的采购员。吉迪猜度着自己是不是也该请史美娟喝一杯，他猜想她会很乐意。但他知道，要是他请客酸梅汤，而她满脸高兴的话，他自己就会更不高兴。所以，最后他决定什么也不做。但是当他们经过小卖部以后，他又觉得自己渴得要命，更觉得自己轻慢了史美娟。

　　旁边的冬青丛里传来了男女低低的说笑声，吉迪循声望去，看到树丛里隐约有个戴绿色军帽的青年将身边的女人一把拉倒在自己怀中，那女人几乎躺在地上了，别扭地蜷着双腿，她也穿了一双白袜子，一双丁字扣黑皮鞋。他的心咚咚乱跳，说不清是厌恶还是刺激。他讪笑着，假装熟视无睹。史美娟却说出了让他震惊的话："这两个人是在轧姘头。"

　　"你怎么看出来的？"吉迪惊问。

　　"那女的已经是老阿姨了。"史美娟断然说，"她的眉毛已经散了，只有结过婚的女人，眉毛才是散的。"

吉迪下意识地看了看史美娟的眉毛，那是两条浓眉。

史美娟突然横过手肘，碰了一下发呆的吉迪，说："快，那里还有一张空椅子。"话音未落，她已冲向前，绕过大树，跳过椅子背后矮矮一溜指甲花，飞快地拉长腰肢往下坠去，坐到一张正对江面的椅子上。然后，她将自己手里握着的蓝白相间的网袋放在身边的空座上，为吉迪占好座。

与史美娟并肩坐着，吉迪不禁惊慌地想：别人别以为他们也是轧姘头的。

史美娟的手再次向他伸过来，张开，满满一握，是黑龙江出产的大葵花籽，炒得喷香。

吉迪摇摇头："你自己吃吧。"

江面上吹来了带有土腥气的微风，史美娟渐渐感到裸露在外的皮肤沉甸甸的，沾满了水汽，浑身黏嗒嗒的。她知道这是因为江边的风里带着海洋上的盐分，一旦离开江岸，皮肤就会恢复原状。她将姐姐春节回家时带回的葵花籽偷偷炒了些，放在衣袋里带出来。本来打算和吉迪分享春节剩下的最后的美味，吉迪对瓜子不感兴趣，使她有些失望。但那失望里还有些为吉迪骄傲的成分，这还是因为他不想嗑瓜子吃。

他们并肩坐着，沉默着。

史美娟从记事起，公园沿江的长椅上就坐着谈恋爱的大人。1966年以后，公园清静了几年，然后变本加厉，爱人们的动作越来越放肆。她觉得公园就是这样的，没什么可大惊小怪。她也

一、爹爹

向往过自己和一个男人并肩坐在长椅上的这一天，这标志着自己长大成人了。她对自己将来的向往很具体，将来做一个仪表局的工人，上班穿白大褂。和属于自己的男人一起坐在公园沿江的一条椅子上轻声细气说话，两个人都穿得干干净净的。她只是没想到，当这理想突然触手可及，却是这样的沉闷和缥缈。

又有一条大船从长江口沙沙有声地开了过来。它桅杆上斜挂着不少五颜六色的三角旗，一派异国情调。史美娟精神一振，慌忙指给吉迪看，看到外国旗果然在天空下飘扬，吉迪也不由得直起身来。不过他们都不知道在桅杆顶端上飘扬的旗帜，白底上横着一条绿色的，是哪个国家的国旗。他们认识中国旗，美国旗，苏联旗，阿尔巴尼亚旗，朝鲜旗，这些都是中国最重要的朋友或者敌人，其他的知之寥寥。有个水手站在甲板上，朝公园里招了招手。他的手远远看去是褐色的，手掌显得格外的白，正符合吉迪想象中水手的肤色。史美娟举起胳膊来向轮船挥手，一边说："他看见我们了，那个外国人看见我们了。"

那条船慢慢向十六铺的方向开过去，沙沙的水声也渐渐远去。他们一直看着它和它身后水中的一道痕迹，也许是由于它高高飘扬着的漂亮而神秘的小三角旗，跟在它身后扑扑作响的灰白色驳船显得格外乏味，让他们都觉得沮丧起来。

此刻，吉迪似乎终于又找到在后台曾打动过他的那种心心相印，他动了动手指，不知是不是也可以和其他椅子上的人一样对史美娟做些什么。她显然是愿意的，而他却不知道该做些什么。

史美娟生怕好不容易才活跃起来的气氛再次沉闷下去，赶忙

公家花园的迷宫

再谈起外国人。这个公园里总能够看到外国人，全上海大概也只有这里能看到真的外国人了。"这里到底是市中心啊。"她感叹道。她说，甚至住在上海大厦里的外国人还来看过她家吃饭。"夏天的时候，我爹爹喜欢在上街沿上吃饭，比家里凉快，街坊邻居都在外面吃，很热闹。我娘总是先用水把地上冲凉了。那天我正在搬饭碗出去，两个外国人来了，笑眯眯地看着我家的桌子，大概看小菜好不好。我爹爹会说点洋泾浜英语的，就跟他们说英语。我爹爹要面子，一边应付他们，一边用上海话叫我不要把剩的炒米苋拿出去，被筷子头戳过的菜，到底样子难看。"她说着又笑，"我娘怕菜放在屋里时间长，倒放坏了，就闷在屋里，满头大汗地将它吃完了。我爹爹还不高兴，怕人家外国人以为他没有家主婆的。"

"你家爹爹怎么会讲洋泾浜英语？"吉迪问。

"他老早在外国人的船上做水手，他去过荷兰呢。我家玻璃橱里现在还放了一双木头刻出来的小鞋子，就是他从荷兰带回来的。"史美娟回答说，"有时他喝过老酒，高兴了，就讲给我们听一点外国的事。外国大马路，人家走路的地方，比上海人的灶头还要干净。"

吉迪闻着史美娟嘴里葵花籽油汪汪的暖香，心里终于难过起来。

史美娟的兴致终于也低落下来了。他只管靠在椅背上，眺望一片荒芜的浦东，根本不像别的男人那样一团烈火，甚至他连碰都没有碰她一下，就像对待小菜场的落脚货。

一、爹爹

"我爹爹见过的世面大了。"她再次打起精神,"他说外国人的咖啡可一点也不好吃,就像咳嗽药水。"可是吉迪还是一动不动地望着浦东,而且,他脸上出现了和那些穿得像跳《天鹅湖》的女生同样的可怕表情。她看着他的脸,想起公园对面的黄浦游泳池。夏天游泳池换水的时候,一池子的水渐渐流光以后,终于露出池底下被消毒水腐蚀了光泽的白蓝相间的马赛克地面,那是一块倾斜不平的地面,裸露出它的危险。她还是不敢相信他的变化。

吉迪终于受不了她疑惑和吃惊的眼光,他转过头来笑了笑,说:"有人在江里游泳呢。我还以为是自杀的人。大家总是说,你要死就去呀,黄浦江又没有盖子。"

"我弟弟他们总是在江里游泳的,他们从外白渡桥那里跳水。有次住在和平饭店的外国人还来给他们拍照呢。后来还被警察骂了一顿,说那个人是美国人,不晓得回去要做什么文章。"史美娟说。

"哦。"吉迪说,他似乎很不喜欢她这样说外国人,又飞快地转开了眼睛。

在令人尴尬的沉默中她重整旗鼓,又建议说:"下次我们可以晚上来这里看野鸳鸯。你知道十三频道这回事吧。"

吉迪涨红了脸,终于将头往敞开的领口中一埋,站起身来,一边说:"我要回去了。"一边就逃开了。

史美娟看到他匆匆经过冬青树丛、草坡和亭子,有一只灰白色的水鸟跟着他飞了几步,又转身向江面飞来。

Kirghiz avec un aigle royal

PIECE・02

颜永京

公家花园的迷宫

他是一个小个子男人。十九世纪的中国男人大多又矮又瘦,他也是。但他很整洁。他双手的指甲修剪得很干净,江南的男人常常在小指上留一截恶心的长指甲,这是从古至今他们的集体习惯,那截发黄的长指甲用来剔牙缝,掏耳朵,抠鼻屎,搔头皮屑,挑指甲缝里藏的污垢,类似一把瑞士军刀的功用,而他不留指甲。

他有与瘦小的身躯不相称的声音:温和而低沉有力。他的声音温暖但是不暧昧,有力但是不强硬,这样的声音让人愿意听,愿意他对自己多说些什么,而且愿意信赖。也许这是他在俄亥俄州的建阳学院学来的声音和语调,并不是天生的。可这又有什么关系呢,他想当传教士,就得找到自己最完美的声音。他八岁到上海的第一个美国传教士文惠廉在王家码头创办的英文学校上学,那是上海的第一家英文学校。十六岁时被文惠廉送到美国纽约州上中学。接着上了大学,那是俄亥俄州最早的圣公会大学。从建阳学院毕业那年,因为成绩优异,他是全美大学优等生荣誉组织PHI BETA KAPPA接受的第一个中国学生。离开俄亥俄州时,他的声音已变成了这样。这声音曾在建阳学院里的教堂穹顶下回荡,温柔明亮,诚挚坚定,不愧为替上帝招呼人们心灵的声音。那座教堂是中西部最早的圣公会教堂,至今还在用。当年他买咖啡豆和面包的校园小店,至今也还沿用原来的名字,但变成了建阳学院的咖啡餐厅。在学生档案里还可查到他当年的成绩单,那是1862年的纪录。他的导师,教名彼得。在他离开后建立

二、颜永京

了"颜永京牧师援助团",建阳学院的帮助一直持续到他去世。

他回家那一年,上海已是一个繁忙的租界,码头上到处堆放着从印度来的鸦片包,锚地里停泊着越洋而来的飞剪船。他的祖国衰败耻辱,政治专制,洋人跋扈,社会腐坏,生活动荡,人民愚昧。所以,回到中国传教是他的理想。他乘坐的美国邮船越过整个太平洋,明澄的蓝水渐渐变黄,变脏,吴淞口到了。河岸上密密麻麻发黑的木屋,是洋行的仓库,沙船港里桅杆如林,船上有难民,河岸上有难民,到处因太平之战(注:指1862-1864年间的太平军苏南之战)涌向上海租界的江浙难民,从此,上海租界的种族藩篱被突破,变成华洋杂处之地。他的船驶向仍旧充满泥滩气味但彻夜赶工的外滩,他如同一颗急促的雨点,从万里之高,笔直落进泥沼里的水洼。

当年他爸爸将他带出自家的棉花铺,送进英文学校,打算让他学好英文,将来做买办,挣大钱。没想到他却随启蒙老师文惠廉信了基督教,还当了传教士。按照清廷的王法,信基督教就自动丢了中国人的身份。他爸爸没想到,当时从十九世纪的上海现实为孩子考虑,却将他送上了一条不归路。

他没像唐廷枢那样去洋行当大买办,也没像容闳那样留在耶鲁大学里当老师。容闳终老在哈特福德,他的墓地成了一百年来中国留学生会特意去祭扫的地方。

那个年代,会英文的人都做生意,当了买办的,同时自己也做些生意,或者干脆从洋行里出来自己做生意,办洋务的官员同时自己也做生意，即使不肯做买办的容闳也曾做过生意，甚至像他的挚友宋耀如，在美国学习神学，回中国来当传教士，也一边传教，一边兼做商人。只有他一心只做传教士。

也许这种对思想的热衷来自遗传。他家古老的血脉上溯到春秋战国年代，孔子最钟爱、也是最用功的学生颜回。也许来自于对中国的使命感。他以为自己可以追随使徒时代的圣者，将福音传达到中国大地。也许来自对文惠廉的爱戴。他其实是在这个美国牧师的影响下长大的，他住在文惠廉开辟的虹口美国租界，他的长子用文惠廉的名字做教名，他继承了文惠廉的职位，在虹口的圣公会主堂做牧师，他决定要做像文惠廉一样的人。颜回的血脉成了圣公会的传教士，如此巨变，不过，书生对精神的追求还是一脉相承下来。

1881年4月的一个上午，他站在外滩公园门前，笔直地望着人，微微张开双臂。他像那些充满温暖感情的传教士那样，很容易激起人心中的爱慕。但这种爱慕并不会真的泛滥，因为他身上还有一种凛冽的道义，它像出鞘的刀锋一样静静闪烁，制止了放肆。

越过他的一侧肩膀，能看到卡提萨克号快帆船正驶进上海港口。如今它停靠在格林威治旧港湾里，已成为伦敦海事博物馆的展品。它当年沉重的白帆大多数都已降下，桅杆上纵横的绳索在浩荡春风里摇动，如颜永京在外滩时看到的一样。它是一条来往于中国和英国之间的茶叶船，十九世纪时，它曾是世界上航行最远，风头最劲的远洋船，从英国出发，经过好望角到亚洲，再经

二、颜永京

过印度和太平洋，最后到上海港。它缓缓经过他的身后，船头女神雕像的嘴角用力向下拉着，面容阴沉。他回上海已经二十年了，从年轻的传道人成了上海租界有名的传教士，但黄浦江里繁忙的情景还与从前一样，鸦片包还是从南亚各地源源不断地运进港来，茶叶和丝绸还是源源不断地运往欧洲。洋行的房子比二十年前气派多了，租界更像一个西方的港口城市了。

越过他的另一侧肩膀，能看到公园树影里华尔纪念碑白色的石头。那是李鸿章出资，为常胜军战死者立的纪念碑，纪念碑上刻了四十八个官兵的名字，长枪队队长华尔的名字刻在第一个。他是租界英雄。太平之战后，侨民里人心大定，中国人也佩服洋人的勇敢和技术，租界开始有了天长地久的迹象，妇女和孩子点缀出生活宁和而活泼的面貌，用最结实和昂贵的材料盖楼房成了外滩的风气。这时，历史的手将颜永京像一个棋子一样，放在公园大门前。他的名字第一次出现在十九世纪的工部局文件里。华尔纪念碑在1942年被拆毁，而他留在工部局文件里的抗议信，却保留下来了。

我不能肯定，他是不是穿着那种十九世纪紧紧箍着胸前的西装。那种西装一点不服帖中国人的手臂，肩膀和背脊曲线，又硬又古板，在身上箍着，使身体看上去更瘦小。

清末的中国人穿西装，很有符号性。那不合身的西装标志着这个人已与传统决裂，而且此身甘与众人违，即使被骂作假洋鬼子，也要表达自己对西方的认同。而他正是这样一个人。傅兰雅主持学校教科书委员会，翻译西方科技著作到中文。委员会的传教士中有韦廉臣、林乐知、傅兰雅、丁韪良，都是当时重要的传教士，他是里面唯一的华人。圣公会在中国办了两座重要的大学，学西方科学和语言，上体育课，上海圣约翰书院和武昌文华书院，他都是主要的创办人。他不像康有为和翁同龢那样对朝廷抱着某种愿望，所以有人请他去做光绪皇帝的英文老师时，他回绝了，说自己不想给学生磕头。他年轻时只肯娶接受过新式教育的女生为妻，后来，当他的儿子们长到十六岁，到了他当年离开家，去美国求学的年龄，他就将他们送往美国接受教育，期望他们成为没有旧传统阴影的中国人，有能力为国家服务。日后，承用文惠廉名字的颜惠庆，成为中国重要的外交家和政治家，参加巴黎和会的谈判。颜德庆成为中国第一代铁道工程师，与詹天佑一起建造过中国的第一条铁路。他收养的侄子颜福庆，是中国最早的公共医学专家，上海医学院的创始人。甚至，在上海地方志的记载中，这三个男孩还是中国最早骑脚踏车的少年。他家的幻灯机，也是上海最早的一台美国产的"电光画片机"。

他在当时的社会中如此先锋，应该是个穿西装的。

可他更可能穿长袍马褂。宋耀如刚回上海时，到王家码头的教堂去拜访颜永京，宋耀如不会说中文，他们俩只能用英语。颜永京劝告他，把美国藏到心里去，学说上海话，留辫子，穿中国式的长袍马褂，在外貌上完全靠拢中国人。颜永京说，只有这样才能亲近中国人，才能在中国人中传播福音。早年各国的传教士

二、颜永京

为了亲近中国人,都穿中国先生的长袍马褂,说中文。他们也应该这样做。

其实颜永京的生活,也是那个时代在中国口岸城市的美国传教士们典型的生活。

1860年代,他在中国知识分子的思想饥渴中努力翻译西书。他翻译了心理学著作,美学著作,教育学著作。"美学"这个词,就是他创造的。

1870年代,他沿长江逆流而上,直到武昌。他艰苦生活和传教。这种艰苦对他来说,不光是孩子们丢石块打破了他的头,农民们一夜间拆光了他好不容易建起的小教堂,他只能接触到吃教的人,他们的冷酷挫伤他的心,不光这些,还有他的美国同事对他的猜忌和排挤,对他信仰的怀疑。他不光被中国人驱赶,也被美国人驱赶,始终是被中国人和美国人挤在中间的孤独者。

1880年代,他努力开办新学,向中国青年传播西方现代科学和世界观。在武昌他办了文华学院,在上海他办了圣约翰书院。在上海,他从英国商人手中买来地皮盖学校,自己教授数学、自然、哲学、神学和祈祷课。从前他们翻译的西书,此时大多成了新学用的第一批教科书和参考书,中国从孔子传下来的教育方式和四书五经,终于因此而走向式微。

当时,大买办也喜欢穿长袍马褂,对买办来说,它是一种身份的认证,而对基督教传教士来说,却是一种融入与引领的姿态,是在中国排除万难的基督教先驱者的标志。这么说,他会穿

公家花园的迷宫

长袍马褂。

　　一架马车经过,向英国领事馆驶去。1881年英国领事馆的大草坪后面,是带有拱廊和木头百叶窗的殖民式建筑。再后面,是伦敦会的联合教堂。那里是租界的心脏。传说那个教堂的牧师在鸦片战争期间,为英国军队递送过不少情报。传教士丁韪良曾在那里发表过"以华制华"的演说,这个演说催生了中国区别于印度的租界模式,租界制度最大程度地减轻了英国管理印度殖民地造成的负担,又能保证通商和传教的便利,还保全了中国的主权。这是一次动机被人争论不休的演说。那个教堂还为欢迎海关总税务司赫德举行过晚会,赫德比丁韪良更同情中国的苦衷,因此,他也是个虽受尊敬但极孤独的人。颜永京能够体会这种站得太靠前的尴尬处境。这种理解已超过了殖民地居民特有的对种族的不信任,他们都是穿长袍马褂的人。

　　在武昌时,他的美国同事怀疑他用自己对美国的熟悉和英文能力,支持中国人反对他们。那两个美国传教士最主要的工作,就是将颜永京从武昌赶出去。最终,武昌数年恶斗的结果,美国传教士调任回国,颜永京调回上海。差会特地送颜永京去日本休养受创的身心,表示对他的安抚。但他通过这件事,已深深体会到那种身处夹缝之痛。从此以后,我想,要是他仍习惯穿长袍马褂,一样的长袍马褂,是他温暖莫名的盔甲。

　　这辆马车挡住了他,就像一本从徐家汇藏书楼的库房里调出的旧档案被合上了一样,完全挡住了他。

二、颜永京

1881年这一年,他代替回国养病的施约瑟主持圣约翰书院,被人称为"有地位的颜永京先生"。他是站在东方和西方交汇最前锋的中国知识分子,先是时代将他的血肉之躯放进东西夹缝里,再是他自己努力将自己深深嵌进去,将自己的孩子们也嵌进去。这夹缝在他看来却是广阔新天地,可以不计伤痛。

这一年,外滩公园已经开放了十五年,从英国来的园艺师已经在公园里培育了一个漂亮的小花园,里面种着从英国带来的各种玫瑰。英国的玫瑰种其实来自中国,中国人叫它月季。月季到英国后受人热爱,渐渐变了种,成为玫瑰。此时再返上海,被人称为英国玫瑰。

旧档案里,工部局秘书向左倾斜的笔迹里出现了他的名字:Y. K. Yen。

颜永京和其他九位华人居民和纳税人来信,抗议捕房不让他们中的几个人进入花园,并询问有关中国人进入花园的章程。

董事会的答复是,由于花园地方有限,所以显然不是所有的中国人都能进园的,但捕房已授权让所有正派的、穿戴体面的华人入园。总董说,他得知侨民一般都反对华人入园的情况后,已命彭福尔德先生不要更改捕房以前的有关不允许华人入园的有关规定。

接着与会者就有关该花园当时移交给工部局的条件进行了讨论,决定要弄清楚从法律上讲,华人是否能要求入园,同时大家

公家花园的迷宫

一致同意写信给颜永京等人说，工部局不承认华人有使用该花园的任何权利。

1878年的时候，在上海的报纸上已经有中国人和外国人写文章，对公园独禁华人的章程表示不满。"沪上工部局有园焉，"某人在1878年春末的《申报》上写道，"树木森然，百卉粲然，固热闹场中一清净境也。然华人独禁，不许一游，论者惜之。昨有西人某致书于晋源报馆云，工部局所造之花园，应使中西人一律进内游览云云。揣其意，大约因观在中国之衣冠中人，偶入其内，门者不遂，阻止，因请概弛其禁也。该报馆登之于报而论之曰：中国之下等人甚多，而花园又太小，设使此禁一弛，未免不便。又使仅任衣冠中人入内而下等人概屏门外，更多窒碍，不如仍照向章如是也。愚以为香港亦有公家花园，布置极佳，向例不准华人出入，自港督易任后，以此事殊属不公，遂裁去此令。中西人士互游于园，从无滋事之举。犹忆年时该处开园，张灯作乐，与本埠相同。斯时，士女如云，无分中外，雍雍然，交让于园，致足乐也。该花园创建之时，皆动用工部局所捐之银，是银也固中西人所积日累月而签聚者也。今乃禁华人而不令一游乎，窃愿工部局一再思之。又下等人之在中国者，皆佣工及执业者居多，料亦无暇而日为此娱目赏心之事。即使有游手好闲者，则有捕房之法令在，若辈亦断不敢逞也。"而外国人对园规的反感反而直截了当："我觉得相当难受，如果我是他们中的一个，我就

二、颜永京

杀死一些外国恶魔以求平等。"

颜永京自然不会没读到这些报纸。他早就知道上海总会不接受华人会员,外滩公园,皇宫饭店,汇丰银行和跑马场也都不接待华人。英国人可以与华人在一起工作,但不会与华人共享生活的乐趣。他很了解英国侨民对租界等级的热衷,了解侨民对印度式种族隔离的向往,了解欧洲人进入文明社会后的优越感。他也早就知道封建帝国人民对人权的无知,臣民对自尊的漠视,这一切他都懂得。他约了相熟的基督徒们一起去公园,其中还有他小学的同学,仁济医院的创办者吴虹玉牧师,也是他的儿女亲家。所以,他是故意去闯门禁的。他就为了坐实外滩公园独禁华人入内,可以正式给工部局写一封抗议信。这是公园门禁之争的档案里最早的抗议信。

1886年7月的上午,他又站在外滩公园前了,这次和他一起来的,是五个从美国完成了大学教育归国的基督教华人传教士,包括他的挚友吴虹玉和宋耀如。他们带来了《圣经》。那年他四十八岁,仍在圣约翰书院主持校务,仍旧教祈祷课,他仍有温厚诚笃的牧师的嗓音。

自从1881年被拒绝入园,他开始在上海的中文报纸和英文报纸发表文章,介绍什么是现代民主社会。介绍作为现代民主社会的公民,可以拥有什么权利。介绍什么是公民的公权和私权。到1885年,他又联合当时上海有名的大洋行买办和华商给工部局写信，要求向华人开放公家花园。当时和他一起签名的八个人，其中就有唐廷枢。他是怡和洋行的买办，招商局总办，中国洋务运动的重要人物。他建造了中国第一条铁路，做了中国第一条电报线，还是北洋政府总理唐绍仪的叔叔。唐廷枢的弟弟唐茂枝也在信上签了名，他也是怡和洋行的买办。他们在信中宣告，一切剥夺我们权利的事件之发生，我们都表示反对。他们还特别指出，园规偏袒日本人和韩国人，准许他们随意进入黄浦公园，而所有华人，包括高级官员和来自遥远省份的参观者都被严厉排斥在外。他们在信里建议准许华人在有某些限制之下进入公园，可以由工部局发票。

这次工部局终于采纳了1881年捕房的建议，开始为他们认为有资格进入公园的体面华人制定门票。体面的华人可以到工部局去申请一次性出入公园的门票。这仍旧是一项带有侮辱性的规定，工部局拥有判断谁是体面华人的权力，并规定必须穿西装，举止符合西方人在公众场合的礼仪才能进入公园。我以为他会拒绝，但他没有。他赞同了。

他只是立即写信给公园委员会指出，对华人的门票制度开始以后，并没有向华人公示，大多数人不知道可以到工部局申请门票。他建议，公园最好每周为衣着体面的华人免票开放一次，他认为这样做会使西人和华人之间的感情更加融洽。但他的建议再次被董事会拒绝。工部局再次向他说明，门票制度只是出于容忍，而非承认华人有此权利。

二、颜永京

他立即向工部局申请入园门票,入园参观。

从黄浦江和苏州河两边来的风使夏天的公园很凉爽,树和草在那时都长得很好,小玫瑰园里的各色玫瑰都开了,中国南方的栀子花也都开了,临水的潮湿空气中飘荡着一股股花香。十九世纪末,这个小公园是整个外滩最美的地方,这里有整个上海都缺少的雅致,让人可以联想到欧洲的悠闲。

建立不久的工部局乐队正在音乐亭前的草坡上演奏,一个姓维拉的西班牙音乐家领导着这支萍水相逢的欧洲乐师和菲律宾乐师组成的乐队,他们演奏各种舞曲,波尔卡,对舞,轻舞曲和华尔兹,以及一些序曲和进行曲,虽然乐谱特意从伦敦订购,但乐队这时还是缺乏训练,错误百出。尽管如此,音乐声还是给公园带来轻松闲适的气氛。在中国通常看不到这样的轻松,它使这个公园变得迷人。妇女们撑着长柄的阳伞,打扮得郑重其事。孩子们在爬上爬下,男人们即使在夏天,也穿着亚麻布的成套西装,他们的裤子上不得不带着落座留下的许多皱褶。这个公园很容易让他想起了美国的公园。纽约下城最早的公园,也是这样小,这样轻松,带有殖民地时代艰难而抖擞的梦想气息。从那里眺望南港码头,也可以看到码头上停泊的快帆船高耸的桅杆。那也是来往于纽约与伦敦的远洋船。

他看到草坡上中国阿妈们穿着白色的大襟衣服,纷纷站着。她们是园规里注明可以随侨民子女进园的华人。但园规跟着注明,公园举行音乐会时,她们不可以单独占一个座位,要是小孩不肯坐，她们也不能坐。这就是她们都站在草坪上的原因。

他看到有人牵着狗在江边散步，那时，公园还没有规定不让带狗进公园。

他看到有人诧异地打量他，他们为公园里竟然有中国人散步而奇怪。他知道有些目光是厌恶和蔑视的，那是些对工部局此项改革投反对票的侨民。他知道，他们讨厌他竟然与他们一样，一样在公园里，一样穿着整齐的亚麻西装，甚至一样站在草坡外面听乐队的演奏，而没有到草坡上找张椅子坐下来。那天公园里人多，男人们大多将椅子让给了女士们。他的行为像一个无可挑剔的绅士。然而，他竟是一个中国人。他几乎在这种排斥中生活了一辈子，所以只需短短一瞥，他就明白。他们冷冷地瞪他，是告诉他，即使他在行为举止上无可挑剔，还是个不受欢迎的外人。

但他仍旧到处走着。别人看他是在散步，而他却是在行军。

然后，他来到黄浦江和苏州河交汇处的堤岸边，在那里可以看到两股水流交汇形成的旋涡。江对岸是古旧的礼查饭店，它高大的外廊像马来亚和香港的房子一样，它临水的花园里挂着些红色的中国灯笼，这种混杂的面貌就是典型的上海。堤岸上有一把椅子面向着黄浦江，他坐了下来，并闻到木条上被太阳晒暖的桐油气味。

他不由得喜欢上这公园刻意保持的宁静与矜持，喜欢上那里的树和花，还有干净的树间小道。在趣味上，我想他与西方更亲近。他与那个时代西化的中国人一样，由衷地追求现代

二、颜永京

性,由衷地改造自己。他们觉得那是中国唯一的逃生之路,西化便是自新。而趣味上的西化,则是最地道的自新。现代化就是新生。因此,咖啡、西餐、巴赫和脚踏车,对他来说,并不是简单的物质。争取进入公园,也绝不是为了简单的平等。在这里感觉到的舒服,也不可以说只是感官的舒服。这一切,都与新生的希望有关。

他从那里眺望江面,苏州河交汇口外面的码头和更远处的远洋船锚地,那里依旧桅杆如林,在桅杆的顶端飘扬着许多国家的国旗,还有洋行自己的旗帜,小驳船像穿梭在鲨鱼嘴边的小鱼群那样成群地出没在码头和锚地之间。这平底灰色的小驳船,几乎像蚂蚁搬家一样在江面上连成一线,将印度鸦片从锚地转运到外滩的各家洋行码头。小船被堆得满满的,船舱被压得几乎接近水面。清朝政府吃了两次败仗后,鸦片贸易便在中国合法化,唯一的妥协是给印度鸦片换了一个名字,叫"洋药"。

1886年这一次,六个华人牧师带着《圣经》,要求免票进入公园宣传《圣经》。他们又被巡捕挡在了门外。这次,他们与巡捕打了起来。

要不是那些牧师里有一个青年是宋耀如,要不是在门口的混战中,有一个说法文的少女从围观的人群中高声制止巡捕打人(这对青年就这样开始相爱,共度一生),要不是他们是宋庆龄和宋美龄的父母,这段故事出现在宋家的传记中,我在别的档案里找不到对它的记录。这公园门前的短暂混战,对宋家是一段逸事，而对颜永京，却是一个证明。证明他并不满足公园对体面华人有限开放的门票制度，他想要它向所有华人平等开放。

这次因为打的是基督徒，引来了英国领事馆的官员。英国人认出了其中的颜永京和吴虹玉，他们本来就是可以得到门票的华人，所以他们被放进了公园。中国牧师用英文向公园里的侨民们传教，让人觉得奇怪。然后，圣公会，伦敦会和监理会的大牧师也被通知到公园里来规劝华人牧师。林乐知来了，小文惠廉和慕维廉也来了。在他们看来，颜永京太固执，也太政治化了。而在颜永京看来，他们明知道公园的规则是不平等的，但从未试图纠正，是违背《圣经》的。林乐知是他翻译所的同事，他在上海工作了四十七年，上午授课，下午翻译，晚上编辑，礼拜天传教，从无休息，直至在中国去世。他是个好传教士。小文惠廉是文惠廉的儿子，出生在中国，子承父业，是颜永京武昌文华学院的同事，他是个好传教士。慕维廉是墨海书馆的创办人，他将西方的教科书翻译成中文，印行出版。上海当时还没有发电，无法启动他带来的印刷机，他就找来耕牛拉磨发电，上海的第一批中文西书就是这样印出来的。他也是好传教士。他们都将中国当成可以奉献终生的地方，但他们从未和颜永京一起争取过华人在公园的公民权利。这时，他和他们在公园门口，彼此都感到尴尬和遗憾。

最后一次在旧档案里出现Y.K.Yen的名字，是1892年。那时，他准备离开上海，再回武昌发展文华学院。那是一所和颜永京在纽约州学习时一样的男童寄宿学校，他当年按照建阳学院教学楼的样

二、颜永京

子建造了它的教学楼。他终于不能忘怀年轻时的挫折,终于想要弥补和证实自己。临行前,他给工部局写信,再次建议公园应该免票向华人开放。他说,他能理解工部局的解释,公园太小,华人太多,不能接受无条件开放,他建议可以专门辟出一天来接待华人,或者应该告示公园的门票制度,让更多的华人能凭票使用公园。他终于还是不能忘记公园仍旧没有向全体华人开放。

公园委员会专门讨论了某一天向华人开放的可能性。但这个建议再次被工部局否决。

"复信通知科纳先生,工部局感谢公园委员会对这一问题所进行的讨论,并同意他们的想法,即华人凭票可以入园,还不如在每周中有一天让他们免费入园更能让华人接受。而这种凭票入园的做法是颜永京先生提出来的,未必为他所有的同胞接受。董事会认为现在对此事采取行动是不明智的,他们建议通知颜永京先生,工部局已知悉他来信的内容,但他们认为并不需要改变目前的做法。董事会批准了这一信稿,并令人缮就寄出。还要通知科纳先生,他在给颜永京先生的复信中,必须十分当心,不要承认华人有要求入园的任何权利。"

此时的工部局已对颜永京充满戒心。他参加建立的留美学人会,因为就在他家客厅活动,所以大家把它称为颜永京俱乐部。当工部局的商人们了解到那些应该是最亲近西人的留美学生们讨论的,是工部局的非法性和租界的非法性,他们的心立刻就凉了。当颜永京见到工部局扩充租界的地图后马上表示反对,他们就将他从自己人的阵营里剔除了。颜永京的所有建议都被他们滴水不漏地挡了回去。

1895年，他被差会派遣到英国和美国做巡回演讲，呼吁英美教徒支持在中国禁止鸦片。他演讲的题目是"爱人如己"。经过了鸦片战争，经过了火烧圆明园，经过那么多年和工部局的交涉，他要求向华人开放公园被他们拒绝，他要求工部局对中国青年开设免费英文学校，帮助更多华人青年学习英语被他们拒绝，他要求找出殴打小车车夫的巡捕被他们拒绝，他还真的相信可以劝说英国人要爱人如己，能放弃至关重要的经济利益，帮助中国人在中国禁止鸦片。他还真的相信这世界上有超越种族的普世真理，而且这普世真理终有一天会被世人接受。他在美国做了一百多场演讲，在英国跑了五十多个市镇，又做了一百多场演讲，每一次他都告诉基督徒们，如果禁止了鸦片，中国就会新生。

他就这样保持着对人的信心。

三年之后，他生病去世。人们在虹口圣公会主堂为他举行追思。这是1898年，旧帝国正分崩离析，各国列强疯狂瓜分中国，俄国要长城以北的内外蒙古、甘肃、新疆，《中俄密约》实际上已经丢掉了东北，继而，旅顺港被占。英国要长江流域和威海卫军港，德国要胶州湾和整个山东，法国要两广和云南，使自己在远东的殖民地一直可连通越南和柬埔寨。日本要台湾和福建。去世前，他发起了最后一次对工部局的书面抗议，反对工部局正在规划的租界扩张计划。在抗议信上签名的，都是他多年的老朋

二、颜永京

友,那些和他一起在公园门口与巡捕打架的华人牧师们,那些和他一起闯门禁的华人基督徒们,以及他小学的同学吴虹玉。

他做的最后的演讲,是在格致学院连讲四天《世界大势》,他带去了在美国演讲时带回来的幻灯机,让上海人了解,英国和美国正在快步迈进工业时代,那生机勃勃的地方,也可以成为中国的理想。

1898年春,光绪皇帝宣布变法维新,上海租界的报纸上一派改良春色。那时他已不能起床了,读到变法维新的消息,他对人说,后悔当初没去做皇帝的英文老师。

他在此时,仍旧保持着对人的信心。

2002年上海燠热的6月中午,他再次站在黄浦公园门口。他是一个十九世纪古旧的鬼魂。他死去三十年后的1928年,进入工部局的第一批华人董事促使工部局董事会通过决议,向全体华人开放外滩公园。为阻止苦力和穷苦流民进入公园,公园开始收费。1942年废除租界,公园自然归属中国政府。1946年改称黄浦公园,华尔纪念碑随即被日本人拆除。现今,他一眼就看到门口赭红色的巨大雕塑《浦江潮》,一座斯拉夫式的雕塑,洋溢着复仇的勇猛与颠覆的快意。在它面前,他显得非常矮小。公园大门在1982年重建,1885年写明"本园为上海外侨社团专有"的园规牌子早已不见,但重建的大门保留了西式的铸铁栏杆和花岗岩石块。当年苗条的银杏树,现在树干上已遍布疤痕和树洞,不过,

公家花园的迷宫

它仍活着，绿叶婆娑。1994年，公园免费向公众开放。

门口有一辆大客车停着，一个瘦而高，满面烟色的门房正在验证它的停车证。那正是当年缠头巾的锡克巡捕站的地方。

2002年上海溽热的6月中午，吉迪的小学老师也站在大门边，像1975年的时候一样，声音又尖又亮地提醒吉迪，他之所以能轻松地跨过公园的门禁，是因为中国人民现在终于站起来了，赶走了帝国主义，公园回到了人民的手中。她热烈地看着他，期待他心中翻身做主人的自豪觉醒。

颜永京踏进公园。原先沿江的堤岸现在成了一个用褐色大理石砌起来的高台，高台下面是一些打烊的小商店，沾满雨痕的玻璃窗上还留着已经褪色的各色广告，售卖柯达或者富士胶卷的，经济盒饭的，以及劣质旅游纪念品的，凌乱而潦草。

原先外滩最美的一处堤岸消失了。公园由于不能面向江面，变得更像一处洼地。

颜永京绕到雕塑后面，雕塑后面是一小片灌木林，灌木林中有一个凉棚，凉棚中有一个干涸的圆形水池，和一些落满灰尘的太湖石。凉棚下的长凳上都是人，他们坐着，歪着，躺着，半躺着。

有人一面喋喋不休地说着，一面打扑克。也有人将随身的提包枕在头下，胳膊团抱在胸前，直挺挺地躺在石凳上睡着了。那些敢于在石凳上睡着的人，大都是满身汗酸气的外乡人，他们将灰尘蒙蒙的皮鞋脱下来，安放在石凳前。喜欢当众脱鞋的，大多

二、颜永京

是浙江人,他们也喜欢吃瓜子并随地吐瓜子壳,一到浙江境内,大小城镇古色古香的街头巷尾,随时能看到地上有一堆一丛的瓜子壳,软软的,细碎的,像蚯蚓在泥地里翻出的碎土堆。

还有人身上穿着有成千上万条大小皱褶的睡衣裤坐在凉棚下。那是许多上海人居家的衣服。潦倒的中年人常会穿这样的睡衣出门,他们好像从床上起来,直接就走到大街上来了。穿成套睡衣抛头露面的,大多是住在老式弄堂里的上海中年男女。

情人们腻在彼此身上,有人在为对方尽心尽力地掏着耳屎,有人在旁若无人地亲热着,手在情人的衣服下移动,使对方的衣服蠕动着隆起,让他想起蛇生吞一只活青蛙时蠕动着隆起的身体。

原先微微隆起的大草坪也消失了,草坪上白色的凉亭也消失了。

他想起工部局早年与他的争执,总董将华人归结到"不开化的民族"里,认为华人在公园里举止不端,会使侨民妇女和孩子陷入不雅观的环境。他历数苦力在公园里半裸而眠,华人流民和儿童任意毁坏公园花木,华人乱丢垃圾。还有一个总董认为他建议的门票制度对华人来说是不平等的,容易引发租界更多的矛盾。对园规的反对之声,大多出自受过西方教育的中国人,这些中国人认为自己是高等华人,不能容忍工部局将他们与苦力等同起来。这才是他们向工部局建议让衣着体面的华人免票进入公园的真正原因。他想起自己写过的文章,介绍公民的公权和私权,介绍公民在公众场所应有的公德意识。想起在公园水池附近他手握《圣经》说过的话：上帝面前，人人平等。

　　吉迪班上的孩子正在公园里百无聊赖地走来走去。1975年的孩子有狗一样的嗅觉，能将与众不同的人从人群中辨别出来，并想象他们的不可告人的来历，迅速将他们从人群中剔除出去。用吉迪的左脚和右脚大做文章的孩子们与他擦肩而过，他的表情是如此温和，但在他们看来，那样温和的表情就有叵测的动机。于是他们在灌木丛中跟踪他，看他是不是想在什么地方埋炸弹，或者要在银杏树下挖出一把手枪。那是解放前埋下的。在他们的印象中，他是帝国主义最阴险的走狗，最神秘的帮凶和最可怕的怪物，他挖小孩眼睛吃，用照相机摄人魂魄，红头发绿眉毛。他是毛主席说的压迫中国人民的三座大山中最可恶的那一座。一定要打倒他，再踩上一只脚，叫他永世不得翻身。这时，武昌的文华学院和上海的圣约翰书院都还是学校，校园里为纪念他而建造的思颜堂都还在使用，只是没有学生知道为什么叫思颜堂。

　　有人飞奔去通知警察了，而吉迪却飞奔过去对他说："快逃。"飞奔的孩子们各自都认定自己是英雄。他们都认为，他不会无缘无故到公园里来散步，他一定有不可告人的目的。只是一方要置他于死地，而另一方则想放他生路。吉迪从小就对旧人旧事有种油然而生的好奇，那时，他还不明白自己为什么会这样，还在心里嘀咕，怕自己闯祸，给小心翼翼做人的父母添麻烦。

　　"为什么要逃，孩子？"他问吉迪。

　　吉迪被他问住了，他竟然还光明正大的。

二、颜永京

他已不认识这个公园了,但他的双脚带着他向当年坐过的堤岸边走去。在那里他曾看见过苏州河与黄浦江的交汇处,经过凉棚,草坪中断,他来到了停车场上。阳光的热力被裹在潮湿的空气里,像一张湿毯子一样覆盖在停车场散发着柴油气味的地面上。

颜永京看到停车场上停着旅游车,旅游车上靠着一个导游,她是个眉清目秀的年轻女子,戴着有阿迪达斯商标的遮阳帽,穿了白色的网球短裙,却在裙子底下穿了尼龙连裤袜。她身上有种拼命追赶都市时尚的江南小城女子的兴致勃勃。她正在打电话,正愉快地在电话里和人谈着等一下她的购物计划,公园对面的友谊商店正在拆迁大甩卖,她要去买些便宜货,离停车的地方又近。她带来的客人已经离开旅游车去外滩了。旅游车的司机正在打盹,将穿着丝袜的厚实的双脚高高翘在方向盘前面的玻璃挡板上。

还有一辆车,司机和导游正在清扫客人留在车上的垃圾,一堆堆的瓜子壳,花生壳,糖纸和矿泉水的塑料瓶从车上直接扫到了停车场的地上。清洁工人远远地叫:"喂,喂喂,苏D71199,我们这里有'七不'规范听到过哦?第一条就是不要乱丢果皮纸屑,当心罚款。"司机师傅和导游小姐扬起脸,一迭声地解释:"还没扫完呐,不要紧张呀,我们还要扫干净的。"然后,他们草草将垃圾扫到垃圾箱附近的地上就了事。

工人抄起扫把和长柄簸箕,慢慢走了过来。他软塌塌地走过发白的阳光,像所有这个闷热的梅雨季节打不起精神的上海人一

公家花园的迷宫

样,垂着肩膀。他慢慢走过一辆又一辆大客车,绕过地上一摊摊客车滴下来的柴油污渍,不时将地上散落的垃圾扫进簸箕里,到垃圾箱边将自己簸箕里的垃圾倒了进去。

"哐哐,哐哐。"他在垃圾箱边上重重敲打着簸箕,一张冰激凌包装纸黏在他的簸箕上了。他不肯用手将那纸块拉下来,可怎么也敲不下来。于是,那"哐哐"的声音就像赌了气。已经回到车上的司机和导游将自己的头从车窗里伸出来,赔着笑脸,看着,仿佛为他加油。最后,那张纸终于被他手里的扫把扫了下去。"师傅辛苦,师傅辛苦。"车上的人也如释重负,一迭声地安慰原路退回的工人。他脸上已沁出一层油汗。司机从车上远远地伸出手来,要敬香烟,工人摇头拒绝:"这种天气,不吃。"不过,停车场的气氛,却因此而缓和下来。

停车场的一端有一个巨型公共厕所,另一端是高大的纪念塔,全是后来新修的。有很多花岗岩,在被雾气包裹的阳光里,散发着石头的闷热,公园到这里就算是到头了。小玫瑰园没有了,能看到两河交汇处的堤岸也没有了。

现在这里是人民英雄纪念塔,三条花岗岩的柱子直直地向天空高耸上去,这三条柱子分别象征着三个时代上海人为挣脱半殖民地半封建的命运做出的牺牲,一条象征鸦片战争以后牺牲在反帝斗争中的上海人,一条象征在抗日战争中牺牲的上海人,还有一条象征在解放战争中为解放上海牺牲的人。三杆枪的纪念碑是如此高大,与狭长的小公园如此不协调,它原先的幽静矜持已荡

二、颜永京

然无存。

　　他站在一座更高大的纪念碑前,哑口无言。这一年,上海赢得了2010年世界博览会的举办权。美国《福布斯》杂志揭晓了"2002年度中国大陆一百首富排行榜",荣智健再次成为中国大陆"第一首富"。他来自一个著名的上海民族资本家家族,他的父亲曾是1950年代上海著名的红色资本家,后来成为中国国家副主席。上海国家赛车场有限公司与国际汽联副主席伯尼签署了上海承办F1世界锦标赛2004-2010年中国大奖赛的商业协议,标志着世界第二大运动F1比赛将正式登陆上海。上海卢浦大桥合龙成功,世界第一大拱桥在上海诞生。全球数学科学最高水平的学术大会第24届国际数学家大会在人民大会堂开幕。这是发展中国家第一次、也是一百多年来中国第一次主办国际数学家大会。上海实行了公民护照自由申领制度。神州三号飞船成功升入太空,又成功返回地面,表明中国已具备载人航天飞行的能力。他登上人民英雄纪念塔的石阶,小小的花岗岩半岛外,就是苏州河与黄浦江的交汇处,礼查饭店大修的脚手架正在拆除,露出它褐色的外墙,现在它叫浦江饭店了。而且,黄浦江上没看到一条鸦片船。

Kirghiz avec un aigle royal

PIECE.03 柳叶撇

公家花园的迷宫

  1983年的隆冬,中午的阳光软软照耀着办公室的前半间,朝南处暖融融的,小白脱下深蓝色的滑雪衣搭到椅背上,年轻男人旺盛的荷尔蒙气味油耗耗地从外套里面蒸上来,钻进他鼻子里。只穿毛衣,胳膊就灵活多了。他将办公桌上的书和写到一半的布展规划草稿都归到铅丝网栏里,把桌面腾出来。然后,从右手的小柜里拿出毛边纸、字帖和毛笔,准备练字。这是他在读历史系时养成的习惯,别人午休,他就练一小时大字。

  他中间的抽屉里有一个三洋牌的小立体声录音机,还是地道的日本货,他爸爸出差到香港时给他买的,祝贺他大学毕业。调好墨汁,舔顺了笔锋,他戴上耳机,打开录音机。一阵口琴声被整个大乐队衬托着,从耳机里直接灌进耳道,好像一汪蓝水围住一个岛似的,音乐将他和办公室隔了开来。轻音乐是从电台立体声节目里转录过来的。他每次转录立体声节目的时候,都细心地将播音员的声音擦掉,这样听起来,就好像是原版磁带一样。他很喜欢有一支口琴加入的乐队演奏的轻音乐,抒情里面带着沧桑,但却忘记了这个乐队的名字,他想那是个法国乐队。在1983年,法国真真是个遥远的国度。四年来的差不多每个中午他都是这样度过的,沉浸在自造的法国音乐和中国书法的世界里。

  他悬着肘写柳叶撇。这是他的热身活动。顿,然后撇,稳稳地收锋。

  他喜欢写字,最初还是小学的门房老头给他启的蒙。写得最有心得的,就是柳叶撇。

  有一天放学了,却下大雨,一时回不了家,他在门房间外面

三、柳叶撇

的屋檐下等雨停。大雨中的门房间又小又黑,暗处放着一只红泥小炉,上面坐着一壶水,扑嗒扑嗒,白汽扑打着洋铁皮的壶盖。偏安于一隅,就好像诺亚方舟。看门老头在旧报纸上写大字。他在墨汁里掺了不少水,大概为了节约。小孩子里面传说这老头很有来历,1966年被查出来是个历史反革命,才被发配到这里来看门。小白觉得他很神秘,甚至神奇。老头看到小白看着他,就将手里的毛笔递过来,让小白也写一个。小白仗着老头不如一般大人那么强势,拿过毛笔来就写了一撇。描红本子上,语文老师总是给他的撇上画一个红圈,表示赞赏,他这么做,也带着一点炫耀。可老头脸上微微一笑,抽回毛笔去,在他的撇边上加了四个小点,立即将他写的那个顿改造成了一个脚印。小白顿时明白,自己的那个顿,写得太用力了。

语文老师在小白心目中冰雪聪明的印象即刻融化了。

小白从此偷偷跟了老头学写大字。学的是柳体,讲究的是字里有风骨。

小白整个人都因为练大字而安静下来,与弄堂里年龄相仿的男孩们也疏远了。他爸爸开始怕小白招惹上什么麻烦,还特地找门房老头谈了谈,门房老头对他爸爸说,恭喜你啊,你的儿子有雄心。他爸爸才放下心,对自己沉静的儿子刮目相看。所以后来小白考上复旦,家里人很高兴,但并不喜出望外。门房老头已经去世了,小白临上学前,去小学的门房间看了看,算是告慰自己的启蒙老师。

正写着,小白闻到一股辛辣暖臭的烟草气味,知道老枪来了。

公家花园的迷宫

老枪中午喜欢到小青年的办公室来休息,其时年轻人各人靠在自己桌上说笑,办公室里常比上班时还热闹。老枪的胃很坏,食堂的米饭稍微硬一点,他就不能吃。自己用一只电热杯煮麦片。常常他一手夹着纸烟,一手握着冒白汽的不锈钢电热杯,就进来了。

"何老师。"他收了笔,转过头去招呼。老枪摆摆夹着香烟的右手,示意他继续写下去。他是小白第一年实习期的带教老师,也是上海近代历史展览馆的临时负责人,而且他也喜欢写大字,不过他练的是颜体。

早先,中午他看见小白练字,还拿下小白的毛笔,露过两手藏锋的功夫。他写的颜体字不光沉稳,更有按捺不下的秀气和飞扬,小白当即指出来,老枪喉咙里呼噜呼噜地笑着,用力捏了下他的胳膊,得意地说:"知己呀。"但小白心里却掂出了自己带教老师的分量,小白认定他写得不如自己,他的字里有种艳俗自满。老枪端详着自己写的大字,评点说:"所谓点如坠石,画如夏云呀。"小白只是嘻嘻地笑,不置可否。但他心里却别扭起来。刚刚踏上社会的学生,处世不知圆通,总是将办公室里的人和事都看得很庄重,自己又顶真,就像小学时对语文老师一样。那时因为是个孩子,不像现在,更有了长江后浪推前浪的心。老枪用"点如坠石,画如夏云"来自夸,让小白暗暗难过了半天。小白是"文化大革命"后第一批考上复旦的大学生,好话听得多了,好老师也见得多了,老枪的自夸,在他看来实在坍台。他在心里就将老枪从老师的位置上取了下来。

何况小白大学里的先生曾指名道姓地评论过老枪。先生说老

三、柳叶撇

枪这样的历史学家,基本上只是高音喇叭。意思是他没有自己的观点,只是意识形态的传声筒。最明显的事例,就是1964年时,上海曾筹办过一个上海近代历史展,他亲手做了一块传说中挂在外滩公园门口的辱华木牌,亲手写了"华人与狗,不得入内"八个颜体字,假称那就是公园当时的牌子。可先生说,历史上根本就没有这么块木牌,公园木牌事件,其实是太平洋战争时期上海的汉奸报纸为大东亚共荣圈的需要造谣。先生冬天围着一条咖啡格子的羊毛围巾,听说是压箱底的英国货。他学问好,又敢说自己的真知灼见,早年在天津做过《益世报》的记者,对解放前的花花世界知之甚多,是小白他们这班学生眼中标准的老狄克(注:指涉世较深、社会阅历丰富的人)。先生曾跟他们这些学生说,学历史的人,最要紧是治史的真实。维护历史的真相,也就维护了一个历史学家的尊严。在压力面前,你可以不说,但不可编造。老枪这种例子,正好是反面的。小白他们那届学生,在"文化大革命"中长大,特别崇拜能坚持自己观点的知识分子,也特别看不起老枪这样的人。

毕业来办公室报到,他见到老枪。老枪正笼罩在一团青白色的烟雾里,像一只刚刚开始做茧的蚕。狭长脸上一双锃亮的眼睛,被烟熏得微微眯起来,似笑非笑地看着人,好像既欢喜又讥讽。他也围着一条羊毛格子围巾,不过是红蓝格子的,他也有一股老狄克气,不过更海派些,更油滑些,不如先生有书卷气。老枪很高兴,沙着烟喉咙笑:"啊哟,正牌历史系来了。"小白在心里"噢"了一声,与先生口里议论的人对上了号。小白的毕业论文是关于上海近代史的,于是分到老枪手下,跟他一起准备上

公家花园的迷宫

海近代历史陈列的工作。

小白在香烟的袅袅青烟里继续写他的大字。老枪今天很安静。小白转过头去看了看他,发现他正若有所思地端详他的字。

"怎么不发议论了?"小白笑嘻嘻地发问。

"我看你的笔画里头有点意思。"老枪说。

"什么意思?"小白问。

"有点旧气啊。不像新瓷那样贼光炎炎。"老枪打量着阳光里湿汪汪的字,未干墨汁的重量使毛边纸微微下陷,"写个'华'字看看。"他伸手合上小白的字帖,说。

小白一边写给他看,一边问:"干吗神秘兮兮的。"

办公室里其他人接腔说:"何老师要给你拆字看桃花运呢。"

老枪再要求:"写'华人与狗,不许入内'给我看看。"

这下大家全明白了,老枪脑子里还在转上午讨论过的事。上海近代历史陈列里面,外滩公园牌子那段公案无论如何要有所交待的。牌子当然是找不到了,就连1964年老枪写的那块牌子也找不到,上午大家讨论的,就是要不要"再现"这块牌子。当时就有人说,大不了再做一块。其实大家都知道关于这块木牌,史学界从来就有怀疑的声音,从前是因为政治挂帅,不敢说没有;现在思想解放,"再现"这块牌子才需要讨论。

上午小青年们说,大不了再做一块,其实都是冲着老枪去的,揭他伤疤的意思。那时小白还看着老枪笑,他说:"我小时候还看到过你的手迹呢。"

老枪喷过一口烟来,问:"你在哪里看到的?"

三、柳叶撒

小白说不是跟着老师去看展览，就是在书里看到的照片。反正他对这块木牌子有印象。别人也跟着附和，说自己也曾看见过。他们都生在红旗下，所以看见的，一定是老枪做的牌子。老枪点着头笑，然后才慢悠悠地说："1964年的展览是布置好了，可没通过领导的审查，领导说这个展览太突出租界对上海的作用了。所以，那次展览还没开始就结束掉了，没人拍过一张照片。你们莫不是当时穿着开裆裤，跟领导一起来看的？"

被老枪这样一说，大家都开始拿不准自己怎么会有木牌的印象的。甚至还记得那是用毛笔字写的。老枪食指和中指夹着纸烟，点着这班多少有点自命不凡的青年笑，灰色的烟灰落下来，散了一地。

"那你岂不是很委屈。"刻薄的人就这么说。

"我是奉命。"老枪说，"就像打仗的士兵一样，自己不承担杀人的责任。"

现在想起来，好像老枪的话更是对小白说的。小白看看自己手里的毛笔，再看看周围的同事们，"喊"地一声笑了："让我写啊？"

"写写看，怕什么嘛。"有人怂恿小白，"你这也是再现历史。"

"难怪说历史是个小姑娘，随便人打扮呢。"小白摇着头笑。但他心里有种莫名的振奋轻叩，好像感受到了亲手制造历史事件的魅力。对学历史的人来说，能亲历历史事件，特别是在年轻时代，简直太有吸引力了。

"怎么能这么说，应该说任何历史都是现代史，有什么样的时代，就会怎样解释历史。"老枪找来一张八开报纸大小的白纸，传说中的公园木牌就是这样大小。他将它铺在小白笔下。

公家花园的迷宫

小白不由得将身体向后仰去，难怪老枪要先夸他的字有旧气，小白心想，这一旧，就要旧到1870年代去了。

"柳体当时最通行了，就写柳体好了。"出主意的刘伟也是刚分配来的历史系学生，与小白同校同届。他的毕业论文是英美在华传教士在十九世纪的翻译著作和流通。他从自己桌前站起来，拍拍手说："来来来，机会难得，让我来见证历史。"

半开玩笑半兴奋的气氛包围了小白。看着年轻同事们跃跃欲试的欢快神色，他想他们心里一定也像自己一样，有些学生气的振奋。他们既如福尔摩斯破案那样求索历史的真相，同样也渴望体会凌驾于真相之上的霸道。刚刚脱离一个专制的时代，这种矛盾的心情完全统一在了他们身上。他甚至在刘伟的眼神里捕捉到一点点快然，刘伟的字也写得不错，而且是颜体。小白心中的得意油然而生：到底是自己的带教老师，愿意让自己的实习生处于中心。

"就写柳体。"老枪赞同地说。

"那么，从左开始，还是从右开始？按照中国人的习惯，就应该从右至左，可牌子应该是工部局做的，英国人就应该从左到右。"小白问。

大家讨论了一下，认为这牌子是做给中国人看的，又发生在白话文运动之前，还是应该从右到左比较像。

"不过，工部局做的牌子，哪怕是当时的公园委员会做的牌子，都应该有英文吧。而且应该把英文放在前头吧。你们想想看工部局的图章和文件，一个中文都没有。说不定这块牌子上根本就没中文。"有人提出了语言问题。

三、柳叶撇

"那华人怎么看得懂。苦力不是全进去了?"

"还有巡捕看门的啊。你还怕因为不懂中文就能进门去?要说到苦力,苦力就是中文也看不懂,他们根本就是文盲。"

"用毛笔写英文有些勉强吧。"小白说,"说不定应该用殖民体英文来写才合适。"

要是用英文,就没必要写出一块牌子来了。小白看了看老枪,老枪正在抽烟,阳光一丝一缕地穿透蚕茧般的烟雾,他看上去像是个幻影。小白叫了他一声,问:"你那时怎么做的呢?"

"就从右到左,写了一行繁体字。"老枪说。

但小白和办公室里的年轻同事们商定,如果要更符合历史真实的话,就应该像工部局发布的其他告示一样,同时出现中文和英文两种。虽然工部局的其他告示都同时针对华洋,但考虑到在报纸上曾记载过外国人对公园规定发表过不满,而且欧洲的作家也因此发表过议论,所以不能排除木牌上有英文字的可能。至于那行英文,小白曾在关于上海租界英文论文里看到过: No dogs and Chinese Admitted。小白建议用这个说法。

午休结束的铃还没有打,传说中外滩公园的牌子就设计完成了。老枪将那张白纸竖起来,斜靠在壁炉上的大理石架子上,一伙人都站得远远地看,心里计算着,要是做成这么大小的牌子,是不是符合公园大门的尺寸。

"做成什么颜色的呢?"小白问。

"总是黑白两色,按工部局一向的做法。公园完整的章程的牌子也是这样的颜色。"老枪说。

公家花园的迷宫

"那不一定就是白底黑字。"刘伟说,"我看到过藏书楼里留着的老照片,工部局的告示牌和英国本土公用设施的告示用的一样,是黑底白字的。"

小白也觉得刘伟说的更接近真相。

老枪沙哑地笑了,拍拍刘伟的肩膀说:"那就听你的。"

老枪将写好的纸收了去,说,交给制作部去完成。听到老枪这么说,小白心里顿了顿,他没料到这事就这么玩笑般地成了。他突然想到,要是自己老了,会不会像老枪一样。

小白心中有点飘荡。自己是不是做了一件违反学术良心的事呢?这个问题老是突然浮上心头,像牛奶开锅似的在小白心头泛滥开来。他对自己学术上的成就抱着朦胧但强烈的期待,他一直期望自己能最终成为德高望重的上海史专家,能超越意识形态上的局限。如果这一切刚开始,就已经留下污点,像老枪那样,那就太可惜了。小白有时能捕捉到老枪身上隐隐的感伤,那么点心比天高,命比纸薄的意思,他害怕自己也会落到老枪这样的地步。他有时甚至想,大概女孩子失身后,就是这样的心情吧。

对别人而言,公园牌子的插曲早已过去。大家的注意力已转移到甄别租界时代老照片的年代和人物上了。虽然说学的是上海历史,但年轻人很少有机会接触到旧上海的照片。照片里呈现出来的那个繁荣纷乱的港口城市,强烈地印证了他们小时候在街头巷尾听到的民间传说,却击溃了靠文字描绘出来,又被他们书本化的想象力歪曲了的城市面貌。好像不小心磕开蛋壳,新鲜的蛋黄和蛋清流

三、柳叶撇

得满手那样,照片里触手可及的旧国际都市让他们有些不知所措。"这就是从前的上海啊。"他们忍不住抬起头来惊叹。

这些年轻人都是解放后出生的,他们记事时的上海,已经经过了洋行完全倒闭,镇压反革命,打击银元贩子,改造舞女和妓女,公私合营,以及西餐社和咖啡馆纷纷转产的城市肃整,妖光烨烨的旧都市已成为小心翼翼的新上海,过了9点,城市就一片漆黑,大多数人家都已经上床安歇。此时,各种旧书报在他们的办公桌上堆积如山,他们找到自己生长的街道和建筑前世的面貌,就像在家庭照相册里看到自己父母年幼时的照片一样亲切,血缘相承的亲密感受油然而生。老枪很喜欢旁听小青年们突然从桌上抬起头,情不自禁的表白,他有时索性拿了自己要做的事,到靠窗放着的一张旧沙发上做。听到沧海桑田的感慨,他就吭吭地笑。要是有人发问图片上那个恩派亚大戏院现在在哪里,他就将叼着的纸烟移到嘴角上,说:"就是现在的嵩山电影院呀。"要是有人问四川路上那么漂亮的裸体雕像一定是红卫兵敲掉的,他就说:"是1950年代时敲掉的,我路过外滩时候亲眼所见。"

他是小组里唯一的亲历者,又很乐意发言。渐渐地,大家就拼凑出了他的简历。实习生总是热衷了解带教老师历史的,带教老师是他们与社会之间的第一个摆渡者。

他出身在洋行高级职员的家庭,属于上海体面的中产阶级出身,也是后来最尴尬无声的阶级。他读的是教会中学和光华大学,听过鲁迅的演讲。他上高中时上海沦陷,亲眼看到日本人在外滩拆纪念碑,汇丰银行门口的那一对铜狮子是开了吊车来,才运走的。

公家花园的迷宫

他从童年时就听说外滩公园有华人与狗的木牌,直到1964年前,他从未怀疑过它的真实性。他属于城市里基于人道主义立场的正直青年。他后来在《新闻报》当记者,专门采访电影,阅上海电影明星无数。解放后上海游行庆祝,他是红旗方阵里举红旗的。后来,又有人背地里补充了他的履历,他的确是个入党积极分子,每年7月1日,中午在楼下食堂吃过大排面后,他都一定会向党支部递交一份入党申请书。可是历届党支部都认为他这人身上旧文人的习气太重,所以都不接受他的申请。还有人报告听来的消息,其实他只是个光华大学的肄业生,内战时,大学里国共两党的特务活动得剧烈,他哪个党都不想入,所以休学到报社当记者,跑娱乐新闻。和明星打交道,让他乐不思蜀,他再也不想回学校去了,所以他至今没有学位。实际上,他对实习生们的影响比历史系的老师们大多了,他使书本上的上海历史活生生地进入了实习生们的生活,这对他们这些自命青年历史学家的人来说意义深远,但他们却对他忽略的个人历史考证了再考证,老枪的背景让他们感觉自己身世清白的杀伤力,谁都没意识到他对他们成长的作用。

小白负责选择《良友》杂志里的照片。因此他第一次看到了蒋介石的照片。在此之前,他只在漫画上看到过这个"人民公敌",漫画里,他太阳穴上永远贴着交叉十字的橡皮膏。所以当他看到照片上仪表堂堂,正在行基督教婚礼的将军,简直就不敢认。他和其他年轻同事一样经历着从书本上平扁遥远的史实,到捕捉住老照片里固定了的时代体温,再到发现身边历史遗传的过程,只是小白有时突然就拐了出去。看到关于外滩和外滩公园的

三、柳叶撇

照片或者文章，他都格外仔细地看过，他发现自己希望找到的，是支持有过公园木牌的证据。所以当他看到汇丰银行的中国职员抱怨银行在外国职员使用的厕所门外立牌，写有"华人不得入内"是民族歧视时，他马上捧给老枪看。

老枪似笑非笑地瞥了他一眼，说："我在二十年前就晓得了。"那时，老枪也找遍可以找到的资料，想要为自己的"再现"找到根据。

"哪能？"小白问。

"找不到曾经有的证据，也没找到肯定没有的证据。"老枪说。

"那么你的判断呢？"小白问。

"我认为外滩的华人歧视是一定存在的，但公园木牌的真伪还需要考证。"老枪张大鼻孔，喷出两条灰白色的烟雾，那是往烟丝里滴过蜂蜜的凤凰牌香烟，烟雾里有一股甜滋滋的暖香。他笑嘻嘻地套用了毛泽东的著名语录对小白说："你是早晨八九点钟的太阳，希望就寄托在你的身上。"但小白认为这是他的调侃，甚至还有些耍赖的意思。

小白心里又别扭起来。他觉得自己被拖进泥潭，失去了纯洁性。他想到自己的先生，提到老枪和公园木牌的公案，他瘦长精致的脸上浮起半个浅笑，带着不屑和宽容，但就是对失去纯洁性的历史学家的揭露。当谁都知道历史是个被随意打扮的小姑娘时，历史学家的纯洁性就是他的学术前途，特别是在"文化大革命"结束不久，上一代历史学家大都碧树凋零，大师的位置正虚席以待的现在。小白觉得自己无论如何是受不了先生半个微笑的打击的。

公家花园的迷宫

"你以为我做什么事,真那样随心所欲呀?"老枪突然剜了小白一眼,高声责备说。办公室里的人都抬起头来看。小白吓了一跳,赶紧和稀泥:"你是老法师嘛,树大招风呀,所以才有人议论呀。要是没名气,谁要议论你呀,对吧。"

"不过讲老实话,有这个牌子,没这个牌子,没有太大的区别。它只是宣传性地揭示出租界对华人的限制。"老枪看了看大家,转而推心置腹。

这是现在小白最愿意接受的说法。但他知道,这也是老枪多年研究出来的说法。

小白看到刘伟在满桌民国旧报纸上笑着对他点头,好像祝贺他与老枪的为伍。

小白的心还是时时飘荡一下,让他想起失身处女的心情,但他想了又想老枪最后说的那句话,觉得他说的还是有道理。他暗地里甚至认为,老枪目前自以为自己是外滩史专家,要是结合他后来对"再现"的多年考证,这个专家称号也不以为过,只不过他的道路崎岖了一些。但他不愿意自己如老枪一样。老枪穿着藏青毛料中山装的单薄身影,他身上干燥的烟草气味,他说话时在胸前忍不住跷大拇指的做派,小白都不愿看到。

他想,自己该设法离开这个单位,去社会科学院的历史学所,或者回学校读研究生,或者去美国读书。他想,这样可以重新开始。

于是,他开始避着老枪了。因为害怕老枪中午时来找他切磋书法,他开始宣称自己练气功书法,写字的同时运气,不能说

三、柳叶撇

话,也不能轻易停下来。这样,一直到了寒潮突然到来,马路上的梧桐树叶子一夜风雨后,满地萧索,到了有一天,小白突然在福州路上的老正兴饭店撞见老枪。

那天,小白陪父亲到老正兴吃响油鳝糊,父亲已经病了,就想吃些从前爱吃的东西。老正兴是父亲最爱的馆子,他从少年时代就陪自己父亲来吃响油鳝糊。白家的传统,下馆子是男人们的节目,到逢年过节,才叫上全家老小一起。父亲在家里休息了大半年了,精神却日益萎顿下去,整日一声不响地在藤椅上坐着看武侠小说。难得有了胃口,小白就陪父亲出去吃饭。

那天,小白越过父亲的肩膀看见了老枪。老枪独自坐在方桌的一角,面前的玻璃杯里有大半杯黄酒,他正在慢条斯理地剥一只红通通的大闸蟹。翻开的壳里盛了蘸料,门牙和舌尖抵着上唇,黄瘦的面颊上挂着两朵红潮,一面是忘乎所以,一面是酒上了脸。小白想起单位里他的传闻,传说老枪每个月一次,单独下馆子,去的都是上海滩上的好馆子。每次只点一个菜,但必是那家馆子的传统菜。就此看来,传闻果然是真的。小白因此而想到了更多的,包括老枪曾想换到大学去教历史,但因为他专著和论文的数量不够,所以没成功。

父亲看了看老枪,说:"此人就是个老吃客。你看他头颈邪细,独想触祭,生设好了的。"再转过来看了看局促不安的儿子,"放心好了,他现在才不想看到你。"

小白将自己想换单位的事告诉父亲,父亲却问:"你知道什么叫天下乌鸦一般黑?"顿了顿,又说,"要是你当年听话学了医,没人来给你搞什么脑子。只要技术好,就是有学术良心。不管什么世道,感冒总是感冒,总归要吃安乃近。"

小白说:"退一万步讲,我还好做书法家。"话一说出来,他才发现原来自己竟是这样灰心。

父亲用筷子头用力点点他们面前在重油中吱吱作响的鳝糊,招呼小白趁热:"吃完再讲,就是杀头也先管一顿断头饭呢。"父亲说。

小白在老正兴下定决心,要离开单位。一年以后,他果然去了美国。当时为了容易入学,他报的是艺术史的研究生,准备进了学校再转系。但一旦开始读艺术史了,他才发现自己很喜欢,想在艺术系里读下去。但毕竟要在美国扎根,读了一年,他转去读计算机。一旦离开,他就刻意与单位所有的人都断掉联系。这些年,小白读书、毕业、找工作,在芝加哥附近中部小城里的一间小大学的教务处安顿下来,接着,成家立业,当上了美国中产阶级。那座小城被周围广阔的玉米田包围着,寂静安恬,小白朝九晚五,有了空闲时间,就写大字。圣诞节时,拿自己写的毛笔字做礼物送同事和朋友,美国同事都高高兴兴地收下来,挂在办公室里、门庭里、卧室里。

小白离开的那些年里,上海近代城市发展陈列馆建成,并在虹桥的万国公墓旁边的展厅开放。

小白拿到绿卡的第二个月,就回家省亲。上海那时正在修南北高架,整个城市粉尘滚滚,到处都在拆迁,他在石门路外婆家附近

三、柳叶撇

竟迷了路。他找了一辆出租车解决问题，竟然司机也不认识路了。

他特意找了个下雨天去陈列馆看展览，湿漉漉的天气好像是个安慰似的，让小白觉得不会遇到熟人。陈列馆刻意调暗了照明，使被追光灯罩住的展品格外突出，如从记忆般的幽暗中浮出的往事一样。小白的心沉静下来。他一直被一团团暗影包裹着，面对被静悄悄的追光灯照亮的展品，华亭时代绿锈重重的铜钱，租界的石头界碑，工部局红色的旗帜，因为年代久远而泛黄发硬，这些古老的实物唤醒了小白心里强烈的乡愁。在美国，他并没对上海产生过如此强烈而明确的感情，如今它却如龙卷风般地扑来。

陈列馆里果然没人。陈列在墙上的某些解说词让他回想起老枪说话时哗众取宠的样子，想起他被香烟熏黄的右手手指。想起自己停留过一年的乱糟糟的办公室，高高堆在办公桌上的《良友》画报，一些人和事都渐渐浮现在眼前。

小白发现一处再现的南京路店铺。桌椅柜台看上去都是征集来的旧物，晚清打扮的蜡人看上去是浙江商人的模样。小白感到那情形十分熟悉，然后，他想起了从徐家汇藏书楼找来的一组传教士留下来的上海市井旧照片。当时是刘伟拿了介绍信去找来的。在办公室里大家传看着，那种心情，就好像狄更斯小说里的孤儿发现了自己的身世。小白相信这个情景再现是以那些照片中的一张为蓝本的。小白站在它前面，惊奇地发现原先照片中动人的逼真竟然消失了，再现的过程，竟然就是抹去了照片中最不可思议的奇迹。他这才明白照片对消失时代的价值，也才明白为什么在那个隆冬，他们这些青年会对旧照片如此喋喋不休。

公家花园的迷宫

　　如果自己还在，一定会反对这样的再现。小白想。

　　小白觉得这是刘伟的主意。他自认为在那些实习生中，只有刘伟和自己势均力敌，可以竞争。自己出国离开，刘伟就会是老枪理所当然的助手，也许，现在他也是老枪理所当然的取代者。小白觉得刘伟和自己最大的不同，就是刘伟对历史介入太深了，当时劝他写木牌时，就是刘伟说的这是再现历史。小白发现那年自己对刘伟不以为然的心情又活生生地回来了。不同的是，当时他觉得自己一定比刘伟做得好。现在，他已远离历史学家的位置，心里多了一些更消极的嫉妒。

　　小白经过了1840年的上海，经过了陈列在灯下的《洋泾浜租地章程》，经过了富华画的外销画，那上面是1860年左右的外滩，堤岸处外滩公园的位置，是一片模糊的绿色，想必那里还是美国人书里描写过的，长满芦苇的涨滩。然后，他看到了那张公园早年的照片，微微隆起的草坪，草坪上有座白色的西式凉亭，有个穿古板西装上衣的外国人正经过镜头，向堤岸方向走去。这是老枪拿来的照片，1964年的那次展览就准备用的。当时他举起那张照片来给大家看，办公室里的人小时候都去过外滩公园搞忆苦思甜活动，老师们总是占据那座凉亭休息。当时办公室里的人都说，那公园真新呀。后来，他又举起另一张照片，是夜里的公园，路灯照亮了林荫道上成双捉对的中国情人。老枪说那时公园已经向华人开放，在上海养病的茅盾先生特意写了关于公园情人的文章。刘伟那时口无遮拦地说，两张照片比一比，就能看出来果然公园人满为患，当年工部局担心的不是没道理。刘伟一直崇

三、柳叶撇

拜世界主义，那时显得非常先锋和冷静。

小白听说，刘伟在老枪的提携下，现在算是历史博物馆的业务骨干了。

小白看到照片下面有个玻璃陈列柜，灯光照射着里面陈列的实物。他觉得自己的心突然停止了跳动——这正是他想象过多少遍的噩梦时刻。

那儿陈列着一本发黄的英文书，而不是一块再现的木牌。

小白想起老枪那时告诉过他们的那本书，在1924年出版的书里记载了爱尔兰记者的上海之行，在翻开的那一页上能看到关于外滩公园门口木牌的描写，"No dogs and Chinese Admitted"的说法就出自这本著作。

小白默默从那里走过，努力按照通常参观博物馆的速度继续向前走。找遍整个陈列馆，都没找到自己写的那块木牌。他在结束语四平八稳的词句间再次感受到老枪的气味，站在那里回望静悄悄的展厅，只看到一束束灯光镇定地照耀着上海过去时代的遗物，散发出难以捕捉的神秘。他心中涌起一股强烈的遗憾，他此刻才知道，自己的理想，的确是成为一个历史学家。只是，目前他看不到任何希望了。

门外大雨如注，空气中有一股雨水清新而潮湿的气味。东亚洲雨的气味与美国中部平原上的不同，那微微带有腐烂的气味让小白想起在小学门口的门房间里等雨停的情形，那次他写下了第一个柳叶撇，启蒙老师在那个顿上面加了四个小点，将它变成了一个脚印。

Kirghiz avec un aigle royal

PIECE.04 混血儿

公家花园的迷宫

2004年4月一个阴霾的下午，他涨红了脸。随即，他将自己矮小的身体向后一仰，好像躲避一个突来的打击。

他的上唇按照过去年代表示惊喜而且不能置信的习惯用力缩起，那缩起嘴唇的样子，让我想起保持旧时代世故而谨慎的面部表情的上海老人们，他们像他如今生活在苏格兰高地的平淡小城一样，生活在那些纵横在上海老城区里的安静弄堂里。要是我提出要正式做一个访问，他们也大都一样地缩起已满是皱纹的上唇，啧啧地表示怀疑。

"那些古老的话能对你有什么用？只是无所作为的生活，海外殖民地的生活，还不是非洲或者印度，只是在遥远过去的上海。噢，你真吓着我了。我知道中国人是最有礼貌的，你不一定真有兴趣，只是你很有礼貌。"

但他红红的脸上容光焕发，像一台突然被接通电源而嗡嗡启动的机器。

"上海。"他轻声嘟囔。

"上海。"他又微微摇了摇头，然后抬起眼睛来，躲闪了一下，"我回到英国已经五十年了，这五十年里，从来没人认真问起过我上海的生活。"他抬起手来漫漫一指。

我们桌边的窗玻璃像厚厚的啤酒瓶底，空无一人的酒吧里，有着哈代小说里描写过的昏暗和残留的烤鸡肉蘑菇奶油攀的香味。壁炉里烧着的泥炭正烟雾缭绕，这是狄更斯小说里描写过的。小城起伏的街道上，偶尔能看到在初春凛冽的寒风中光着腿

四、混血儿

穿短裙的壮实姑娘,她们喀哒喀哒地,踩在高跟鞋上沿街而下。她们便是英格兰人多少年来总是嘲笑在阴沉寒风里穿着暴露的姑娘。这是高地上一成不变的小城。

"有谁会在意我古怪的来历呢。我甚至没有机会正式说到上海。"他轻轻说,"我有时很傻,在街上看到黑发的亚洲少年,就盯着那些孩子看。他们让我想起我在上海的年轻时代。如今我才发现他们面容的亲切,很深的亲切。"他半是羞愧,半是放任地摇着头,"我真是,自己也不能理解自己啊。"

"你说到上海,你的脸突然就变得像一个中国人了。真奇怪呀。"我端详着他。是的,他的脸渐渐变成一张在上海弄堂里日日奔忙的顽皮但并不胆大妄为的男孩子的脸,这种男孩,通常紧跟在出谋划策的人身后,惊喜于别人的花花点子,他这种热烈里有点讨好的意思,有时是因为他的弱小,容易被人欺负,他不知道怎么避免自己被人欺负或者轻慢。但他与那种为虎作伥的弱小男孩不同,他诗意的内心容易陷入绝望和惊叹,然后轻易就做出螳螂挡车的事情来。他的脸让我想起我的丈夫。

他解释说:"我的祖母是中国人。"

她恍然大悟地盯了我一眼,这个表情让我忆起上海。她的眼睛又生得格外醒目,在脸上如惊叹号一般。在上海时,当人们知道我的祖母是中国人,我母亲是地道苏格兰人,上海人就这样盯我一眼,然后点点头。他们在一刹那就确定了我的混血儿身份,并找到

公家花园的迷宫

与我相处的方式。说实话,与混血儿相处并不容易,就像混血儿自己了解自己那么不容易。我的家庭成员们各自怀着痛苦,但似乎对见多识广的上海人来说容易得多。他们似乎天生就能很快理解,并宽容一切难以理解的事物。我觉得自己像一杯水被倒进做冰块的金属格子里,然后被制作成正方形的冰块。欧亚混血儿在血缘纯洁的人们看来并不是一个个完整的人,而是一种古怪的类型,一段特定历史产生的碎屑。我必须突破这个正方形,捍卫自己的个性,这种久违了的焦虑又浮现出来,紧紧抓住了我的心。

我想起爸爸从香港回来以后,对香港和上海的中国人的比较。他说上海人比香港人聪明能干,又懂得迂回。上海人总觉得自己胜人一筹,但也的确如此。那还是1934年的事,那一年爸爸被汇丰银行派到香港分行去工作半年,他的手指对于各种金钱的重量有天赋敏感,只要将银元放在手里掂一下,只要一下,就可以说出它的分量,几乎分毫不差。在上海银元风潮的时候,他几乎每天吃完晚饭还要回到外滩去加班,直到深夜。

往事从我心底浩荡而来。

随之,上海又来到面前。我似乎闻到弄堂外面小食摊上油炸臭豆腐的特殊香气,那是再也尝不到,却难以忘记的人间美味。然后,上海食物的味道回到了我口腔里,用糯米做的糕点黏在牙齿上,牙齿变厚了。肉饺酥皮里有一汪油汁渐渐注入口腔。

"是的,我祖母是中国人。这要从我祖父说起。我祖父是传教士,从英格兰到上海传教,兼做教会医院的皮肤科医生,听说

四、混血儿

当时欧洲人在上海这样潮湿闷热的地方生活,皮肤尤其不能适应,溃疡常常发生,而且致命。他娶了一名圣公会的中国护士,也就是我的祖母。我的父亲出生在上海,而我的母亲则从苏格兰来探望她在上海做生意的叔父。母亲出生在一个没落的小贵族家庭,那时正努力寻找机会,能体面地将自己嫁出去,就像简·奥斯丁小说里的人物。我猜想她来上海,也想碰碰运气。她在一个晚会上遇到我父亲,就留下来,成了利特夫人。我家有一本十九世纪由伦敦传教士协会印行的英文—上海话词典,那就是我祖父送给母亲的礼物。当初我母亲要吩咐管家干什么,就对着词典,拼读那些拉丁注音。但后来,她发现学洋泾浜英语更方便,佣人们都会说。我们小时候,跟阿妈长大,说的都是洋泾浜英语。上海凡是外国人必须与中国人打交道的地方,洋泾浜英语都是第一语言。我哥哥和我相继出生在上海,而我祖父和我父亲则相继埋葬在上海,但他们的坟墓我相信已经找不到了。"我对她解释我复杂的出身,她带着一丝洞悉的微笑点着头。中国人常常这样,他们比一切别的种族都更知道利用微笑传达微妙的意思。

我一边继续回想着那飘渺不定的油炸臭豆腐干的气味,它与瑞士山牌忌司在气味和口感上有许多相同之处,只是上海人喜欢再加些辣椒酱。我家里至今没人知道我曾偷偷到弄堂口去买这种"肮脏的"中国食物吃,并至今对它念念不忘。

我哥哥亨利经过一段时间想要认同自己的中国身份的挣扎后,终于演变成一个地道的英国海外殖民者,那种从心里鄙视中国人

公家花园的迷宫

的,坚决维护英国人利益的海外英国人。我今天可以这样肯定他的身份,是因为我目睹了他回到英国本土后剧烈的痛苦。那时在上海,他总是威胁我说,要是我胆敢与中国小孩做朋友,像某些"不知自重"的外国人那样,他就会用靠在他房门后面的高尔夫球棍打断我的腿。我猜想要是他知道臭豆腐的事,也会打烂我的嘴。

我母亲对上海的食物一直非常警惕。我们家从来不允许买切开的水果回来,也拒绝吃正规西餐馆以外的任何食物。父母是喜欢到餐馆吃饭的人,但我不记得我们在上海曾去过任何中国餐馆,更不用说街边那些供应给苦力和他们的孩子的现做现卖现吃的食物,它们在终年似乎都笼罩着一层薄雾的人行道边缘上,呈现着一种迷人的放纵。因为它,我甚至想起了那些早年住过的街道,在东方灰尘扑扑的树后,中规中矩的三层高的银行职员宿舍。夏天正午时分,从行道树茂密的枝头传来响亮的蝉鸣声,阿妈手中淡黄色芭蕉扇"扑"地一声从她手里落了下来。我喜欢我的阿妈,她永远穿着白色的大褂,身体散发着东方女人的甜腥之气,比我母亲身上终年不休的香水气味温暖多了。因此我不喜欢J.G·伯拉德的小说,他将中国人写得那么敌对,将他的阿妈写得那么邪恶,那不是事实。

"你还记得从前住在哪里吗?"她打断我对《太阳帝国》作者的腹诽。

"是的,我记得。我们住在愚园路宏业花园。"我说。

惊喜的笑容从她中国人阔大的面颊上荡漾开来:"是后弄堂里每家都带一个小花园的联排房子吗?两层楼,有一个尖顶阁楼,窗

四、混血儿

子是木头框的,对吧。"她形容说。

然后她轻声说:"我丈夫就出生在那条弄堂里。他家住在41号。"

我知道41号,我们在的时候,那里曾住了一户意大利人。他家请客常常向我家的管家借成套餐具和餐巾,他家窗子外面常能闻到一股做托斯卡纳地方菜——裹面油炸蔬菜的香味。他家的小儿子费利尼和我哥哥亨利在1928年左右非常热络,他们都是惨绿少年,都是上海法西斯党的成员,费利尼的卧室简直就是一个俱乐部。那时,中国人在租界里的势力越来越大,频频要求民族平等,而工部局的手段却越来越软弱,租界里危机四伏,侨民们,特别是像我家这样祖辈在上海生活的外国人充满被掠夺的愤怒。侨民青少年团结起来,试图保卫租界的安全和秩序,他们骑着英国海运过来的自行车在街上呼啸而过。亨利不喜欢晒太阳,因此他的面色总是苍白的,甚至是阴沉的。现在我才意识到,他的青春期竟是如此愤怒,如此漫长,如此政治化,几乎贯穿了一生。但他实际上却比我更容易崩溃。

"我丈夫一直住在二楼楼梯口的小房间里,直到我们结婚才搬出来。"她说,"他房间里有一些家具还是从前的外国人家留下来的,因为他们将衣橱和书架都固定在墙上,搬不走。深棕色的家具。"她说,"'文化大革命'时他家被抄家,能撬得动的东西统统撬坏了,幸亏还有这些固定在墙上的家具。那么说,你们从前是邻居呀。"她亲热地说。

那正是当时费利尼当年住的房间,家里通常将这间屋分配给长

公家花园的迷宫

子住。如果简单明了地说，亨利和费利尼当年惧怕的事的确成为现实：一个华人男孩终于占用了费利尼的卧室和家具，在他当年从未邀请过中国人进入的房间里长大成人。

"我丈夫就是长子。他是个教师，在大学里教对外汉语。他父亲是个建筑师，你知道江西路上的芝加哥学派银行大楼吗？那就是他从美国留学回来后的第一个作品。"

这么说，这男孩比费利尼有出息。愚园路弄堂里那些房子的内部构造其实是一样的，在我们家，那间屋子给了亨利。她丈夫比亨利也有出息。他安稳地在那条弄堂里，无论如何都是幸运的。

我们留在上海的花园又浮上眼前，那些亚热带的植物，远比英国柳树要柔软和纤细的中国柳枝，春天的细雨里，你能看到它在一天中突然变绿，而且有一些浮肿，那是它开始发芽最初的情形。母亲总是将自己打扮得很香，去参加各种派对，她有数不清的派对要参加。当她打扮好从楼上下来，楼梯和安放着一枚维多利亚式椭圆形长镜子的门厅里，都飘荡着她的美国香水气味，旧时代甜美的女用香水气味。我的天，现在我才意识到，她在上海的日子是那么完美，我才意识到这种日子与她在英国疏于清洗的潦倒小厨房之间的联系，上海才是她的家。她老年时被迫来到英国，原来内心是这样绝望。母亲原先是个风雅的女人，上海使她的风雅奇迹般地维持了几十年。门厅外面的花园小径边开满了一丛丛白色的小花，在夜里香气袭人。在我心里，那里始终是我们的故乡，我们的老家。

"那房子差不多要了我公公的命。你知道红卫兵来抄家的时候发

四、混血儿

现了什么？他们在阁楼从来没有人进去的暗门里发现了一盒英国产的子弹。你知道1949年以后私人是不可以保留枪支弹药的吗？而且还是印着外国字的子弹，这可是了不起的罪名啊。我公公是留美学生，红卫兵因此认定他是美国特务。他被送进了监狱。我丈夫本来可以留在上海的，但因为家里出了这样的事，被赶到农村去当农民。我婆婆得了抑郁症，当时不知道生了病，只以为她是脾气怪异。"她脸上仍旧被中国式的微笑笼罩着，仿佛被云雾笼罩着的山峰，她脸上的微笑掩盖了心中真实的表情。"所以，我们一结婚，我丈夫就马上搬出来。他说那地方不吉利。"

"费利尼的父亲喜欢打猎。我想那是他家没用完的猎枪子弹，偶然丢在阁楼上。"我辩解道。当然，现在解释这些已无济于事了。我也不明白为什么他家要把子弹放到黑阁楼里去。

"可红卫兵不相信呀！红卫兵怎么也不相信他们家根本不知道阁楼里还有外国人留下的东西。他们把地板全都撬起来，挖地三尺，就为了找到和子弹相配的枪来。我丈夫那时还小，他怕得要命，就怕真的在哪里还会找出一杆枪来。"她继续回忆着，"那是自己的家呀，在被抄家的情况下发现家里还有别人藏的东西，世上真是没有可信任的了。他本来就害怕黑乎乎的阁楼，现在更被吓破了胆。"

也许那真的是亨利和费利尼藏着的枪和子弹？我突然想。据我所知，亨利当年也常在阁楼的暗门里藏东西，防止父亲偷袭他的房间。亨利很闷，什么心里话都不愿意告诉别人。

公家花园的迷宫

　　父亲过了很久才发现亨利竟然和他一样,化名给《字林西报》的通信专栏写文章。父亲发现了报纸和编辑的来信,以及一些亨利的草稿。亨利在报纸上的化名是F.H.L,第一个字母大概与法西斯有关,后面则是他名字的缩写。而父亲在报纸上的化名是"一个上海人"。

　　父亲一向喜欢写作,我猜想,他的梦想不是坐在汇丰银行二楼的某一张写字台前处理来往于孟买、伦敦、东京等地的电汇业务,上海的白银风潮过去之后,父亲就从现金柜台升职了;父亲更想当一名多愁善感的诗人。我家一楼客厅边的小房间被父亲布置成了一个小图书馆,在书桌上放着他的英国产打字机,他虽然在上海出生长大,但仍旧喜欢用英国产的东西。当他在那里噼噼啪啪用打字机时,常常会有长时间的停顿。当楼下的打字机突然哑了,亨利就幸灾乐祸地说:"哈,维多利亚故事又卡壳了。"亨利不怎么看得起爸爸作为诗人的天分,他显然是读过爸爸那些文章的,爸爸对自己能在报纸上发表文章沾沾自喜,常将印有他名字的报纸放在起居室的明显位置,并打电话通知他最重要的朋友,一个退休的美国船长,一个有一半印度血统的汇丰银行同事,和我们在上海的亲戚们。

　　亨利对父亲的文学活动抱着轻视的态度。出于青春期别扭的心理,亨利从不给父母机会,让他们知道他也为《字林西报》写文章,而且比父亲更受人欢迎。他从不用打字机,从不将报社寄来的信和报纸随意放在桌上,从不与家里人讨论他的写作。要是他下午特意到门口的花园里看书,那就是他在等邮差:将会有报纸和信寄来,他不想让别人先得到它。甚至连费利尼都不知道亨利写作的

四、混血儿

事,他曾对亨利提起过"伟大的F.H.L",他希望将F.H.L也发展进法西斯党支部,亨利只是耸了耸肩,表示对此无能为力。

我想,亨利是因为写出了心里的话,而不愿意让自己认识的人将文章里的思想与自己对应起来。而父亲也是因为写出了心里的话,而渴望他周围的人的共鸣。他们追求戏剧化的个性其实很相似。

很难相信,世界上真有这样的巧合。

我在徐家汇藏书楼那些脆黄的《字林西报》装订本里曾读到过这两个名字的署名文章。他们俩在1925年到1930年,都是来信版的热心作者。最初看到他们的名字,我只是为了自己论文的索引条目上有第一手的资料,看上去作者涉猎广泛。"一个上海人"在报纸上出现得要更早些,现在我知道了原因。

"一个上海人"文雅,有些迂腐,哀怨但是顺从。而F.H.L则似乎生活在象牙塔里,他和所有人的所有思想格格不入。不论讨论什么问题,天主教信仰的问题,中国的民族主义者日益壮大的问题,中国人与西人如何在城市里相处的问题,包括市政公共设施向全体纳税人开放的问题……无论讨论什么,他永远发出保卫西方人纯洁性的呐喊。甚至他的老师还特地在报纸上写文章,表示对这个沉默寡言的学生流露出的激烈吃惊,以及呵护。在他的文章里,我第一次发现,一个外国人竟然会认为他对上海拥有天生的权利。参加公园将被迫向华人开放的讨论中,他理直气壮地说出自己感到被掠夺的愤懑,让我印象非常深刻。在通信专栏中

公家花园的迷宫

刚开始讨论什么是法西斯党的时候,他最早提问法西斯党和民族主义者之间的区别,然后便戛然而止。现在我也终于找到原因。

F.H.L的欧亚混血身份让我恍然大悟。在当时外国侨民圈子里,这是个尴尬的身份,差不多与俄国犹太人的地位差不多。要是混进讲究血统的英国人圈子,他就得卖力做人。而F.H.L正是这样卖力做人的。我现在理解了老人说亨利经历过身份危机,是指的什么。这是个后殖民的词,开始我还以为这老人滥用新词。我忽略了上海是地球上最早全球化的城市的现实,忽略了二十世纪的上海经验的现代性。

F.H.L以攻为守的战术我很熟悉。在北京求学时,我就生活在一大群孤立上海人的老师和同学中,那是一个民族主义的汪洋大海。追求认同和功名时,我采取的也是以攻为守。我吃大蒜本不费什么力气,如果我父母是山东人的话,说儿化音有些困难,但的确要比真正的上海人要更自然,我心中的确充满民族自尊,只是有时感到自己像个恐怖主义者。我以阐述上海五卅运动的民族觉醒为论文课题,意在彰显上海的民族性和革命性,为故乡找到斗争传统。我北京的那段生活,大约就等于亨利在上海的法西斯小组时期吧。我们都必须裁剪掉某一部分自我,才能合乎通常的规格,才合群。

《字林西报》已接近粉身碎骨,黄脆的纸张边缘不时因为翻动而小块小块地碎落下来,甚至将报纸装订成册的衬纸和装订用的棉线都已崩坏。我常常不得不站在桌前翻动报纸,因为它们实

四、混血儿

在太脆弱了。如果坐在椅子上,翻动平摊在桌上的旧报纸,因为掀动报纸的角度问题,常常一不小心就会将它撕破。这1856年创刊的租界最重要的报纸已经停刊五十年,上海租界已经消失了将近六十年,这张报纸此刻读来死意沉沉,简直像被遗弃在报废机器边上的一小截干枯的断指。我总是站着看报纸,除了不愿意损坏这些仅存的东西,另外一个原因,是因为久藏的报纸上沾满了各种微生物,看报纸时,我常常觉得自己的肺叶上渐渐爬满两百年以来生生不息的螨虫和细菌,就像《木乃伊归来》里的那些甲虫,它们让我浑身发痒,而且不停地打喷嚏。

一些已永远逝去的背影留存在黄脆的纸上,那是上海地主1920年代的精神生活。带着保守,文雅以及殖民地英国侨民的洋洋自得,以及他们周围的现实生活:汉口租界的被收回;中国军阀的混战;四明公所事件表现出的中国人的团结,中国人对自己传统不可理喻的捍卫,中国买办作为沟通桥梁的巨大作用;英文世界走红的作家作品;在上海的西方妇女的社团生活;在神秘莫测的中国社会结构里,富有中国人和他们的妇女的生活;中国人人性特征的文章连载……这份报纸立足于租界立场,努力维护新闻的公允与独立,但终于不能摆脱殖民主义喉舌的名声。

F.H.L就这样浮现出来。他的文章既出人意料,又异常真实。从他文章的字里行间,能感受到他那年轻男孩的孤芳自赏。当读到他语法老师介绍他的信时,我眼前赫然出现了一个穿着短裤和深色齐膝袜子的英国少年,在亚洲罩着一层薄雾似的阳光下蹙着

公家花园的迷宫

金黄色的眉毛,就像吉卜林小说里描写过的某个人物。

难以置信,在苏格兰名叫三只燕子的酒馆里,我见到了报纸里那两个作者的亲人。

他犹豫着邀请我到他家去看照片。

他家客厅的英国陈设里,理所当然地夹杂了几只青花瓷瓶,和一帧印满了各种篆体图章的条幅,传达出一种残破的旧东方气息。他家的书架上有些关于上海的书籍,我认出封面上外滩的旧照片,甚至还有一本封面是江青像的《江青同志》。眼前这一切让我想起第一次去我丈夫家看到的情形,那时他还是我的未婚夫。也是个阴沉沉的天气,窗户上因为挂了白色的纱帘,家具又是极深的棕色,室内显得更加幽暗。他去厨房煮了咖啡来,小房间里满满的都是咖啡酸而浓烈的香气。虽然杯盏不配套,可都是上好的英国骨瓷,拿在手里又轻又稳。很像巴尔扎克小说里的一个场景,那却是典型的上海旧租界里某栋老房子的下午。

我不能理解他在邀请我时有种明显的犹豫,是出于什么考虑。他的脸在发黄的条幅前一晃而过,就像我丈夫在那深棕色的西式家具前一晃而过一样,让我感到一种很奇怪的熟悉。

他取来了家庭相册。

"一个上海人"作为一家之主,侧身坐在维多利亚风格的高背沙发椅上。他的眼眶四周有一大片阴影,看上去有些懦弱和多愁善感,这点也能在他小儿子的脸上找到痕迹。他穿着三件套的西装,背心的贴袋上吊着一根怀表的银链,很合乎当时上海普通

四、混血儿

英国侨民的样子。亨利站在他身后,将右手搭在椅背上,他果然穿着卡其短裤和齐膝的深色袜子,非常严肃地看着镜头前方。他的神情是英国式的,但他脸上柔和的线条,和看上去有些浮肿的眼眶,使他看上去比有一半中国血统的父亲更接近中国人的长相,特别是脸上那种漂浮般的茫然神情,似乎就是那个时代中国少年在照片上的面部表情。

"现在我是这张照片中唯一留在世上的人。"他在我面前的茶几上放了一杯威士忌,冰块在琥珀色的液体里发出细微的碎裂声。他远远地望了一眼我手中的照片,这样说。照片上的他,还是一个圆脸的儿童,穿着一身水手服,像1928年《字林西报》上安可奶粉广告上的小孩。"这就是生活。"他说。

1945年大战结束后,他家从龙华的敌动营里回到上海,他的父亲几个月后因肺炎去世。医生说父亲的健康早被毁坏,所以简单的肺炎立刻致命。母亲将他埋进了涌泉井路万国公墓的家族墓地,和他的父母在一起,同时也为自己做了墓碑,就在父亲的旁边,那时她打算终老在上海。1950年,他和亨利回到英国。亨利变得极为消沉,去世得很早。然后是他的母亲,她最后一个离开上海,回到苏格兰。她变得与亨利一样倦怠。为了不照看花园,她很快就将带有一个小花园的房子卖掉,去住公寓。她去世以后,他前去料理后事,在厨房里,他发现母亲的餐具全都是最廉价的,不成套的,餐巾全是纸做的,所有的锅底全都被烧得坑坑洼洼,一团乌黑,并带着烧糊并黏结在锅底上的一层厚厚的汤水。

公家花园的迷宫

"亨利后来也只用一次性餐具，和妈妈一样。我不明白他们为什么回英国后养成这种习惯。在上海的时候，我家厨房里套了一个储藏室，储藏室里收着各种各样的成套餐具，成箱的银刀叉。常常有人因为家里请客到我家来借餐具，但我家请客，从不需要去别人家借。我母亲坚信一个体面的人家，首先厨房里应该餐具齐备。我父亲虽然只是一个普通襄理，但我母亲还是坚持在我家用的刀叉上刻上我们姓氏的缩写字母，在餐具上则使用烫金。"他说。

我看了一眼白色网花纱帘外的花园，他的花园里也只是一方潦草的草地，与大多数英国人家精心侍弄的花园不同。

我说："你们家已经有两代人出生在上海，要是认真算起来，比我家在上海的历史还要长。也许你们并不适应英国本土。"

"不不，我们对英国并不陌生。"他否定我的猜测，"在上海的英国人自己有一个小社会，我们从小上英童小学，中学，用的课本都是从英国订购的，并与英国本土的学校同步。我们学校图书馆里有最新的英国杂志和书，也是直接从英国订购的。甚至我们学校走廊上挂的画，都从英国直接订购。我们的教师当然也都从英国来，持有英国的教师证书，只是牧师们在上海的时间也许长些。虽然在上海，但我们还是在英国的环境下长大，什么都是英国的，甚至没有中国人的朋友，不会吃中国食物，也没有学过中国话。我们从小就肯定地知道自己是英国人。"

伍芳思在她的著作《没有狗，也没几个中国人》里，详细描

四、混血儿

写过租界侨民的殖民作风,而且比较了中国各地的侨民生活状态,这种隔离的态度,是在中国各地的租界侨民共同遵守的准则,带有对中国的轻蔑。我以为他会小心回避,但他没有,显然他并没觉得有什么不妥。

"一个上海人"曾在文章里描述过他对黄浦公园的感情。他从汇丰银行大楼出来,有时希望暂时忘记自己不是在英国本土生活,就在回家以前,先去黄浦公园小坐片刻。他认为在黄昏的某个时刻,那里有点像伦敦塔桥附近的情形:身边传来在河边小坐的人英文的轻声对话,有时能听到带有鼻音的伦敦音。河水散发着同样的土腥气。飘扬着万国旗的高大远洋船缓缓经过,风尘仆仆。女士们与伦敦的人们有几近相同的考究和小心的举止打扮。他抒情的回忆是一个引子,引出对将要对中国人开放公园的忧心忡忡:"难道一个英国人暂时想要享受一下英国式的安静和安全的小小心愿,一个暂时忘记自己不是在欧洲的事实的小小心愿,工部局的先生们都不能成全吗?也许他们不能体会只为外国人开放的公园,对一个不会去夏威夷度假,也无法送家属到东京或者香港度假的中产阶级来说的重要意义。"

看来,利特家每个人都努力在上海生活得像一个在英国的英国人,直到他们回到英国。

"可你祖母应该是中国人吧。"我问。

"是的,但她在家里说英文,甚至数钱都用英文。所以连我父亲都不会说中国话。"他说。

"她是上海本地人吗？"我问。

"我不知道那么仔细。在我的印象里，从来没有祖母家的亲戚与我们来往。我们来往最多的是母亲家的苏格兰亲戚们，她的叔父很快就因为生病回国了，好像不久就在家乡去世。但他将自己的儿子们留在上海，他们在上海成家，我有一大堆表亲，圣诞节的时候也很热闹。他们也都不会说中文，但他家会在花园里挂中国式的红灯笼。"他说，"现在想起来，才觉得奇怪，好像她是从天上掉下来的，在我们的家庭里反而很孤单。"

听上去，这个中国女护士像个标准洋奴，崇洋媚外，数典忘祖，我大学时代接受的民族主义训练，让我很容易铿锵起来。但我的心，却被"反而很孤单"这样的话打动了。我感到这个老人瘦小的身体里洋溢着忧伤的诗意，我想这不同于欧洲人，也不同于亚洲人的敏感和哀伤，对命运的顺从，大概是欧亚混血儿独有的。

他却突然笑了："你知道，祖母仍旧以某种形式活在我们的身体里。我们全家，除了我母亲，其他人全都和祖母一样不能喝牛奶。喝了牛奶，我们大家的肚子都会咕咕叫。我父亲身体衰弱的时候甚至一喝牛奶就拉稀，和我祖母临去世时的情形一样。"

"一些中国人的胃里缺少消化牛奶的酶。"我点着头，我本人也是一个对奶制品敬而远之的人。

他伸手按着自己的胃部："我后来在报纸上也读到了科学家的这种解释。在我们身上秘密地藏着一个中国式的胃，而母亲却在遗传上完全像个局外人，这是很滑稽的感觉，常常也让我母亲感到嫉

四、混血儿

妒和不快。她像个孩子似的,在我们肚子咕咕乱叫的时候,就去约了她的朋友和他们一家一起去沙逊大厦吃冰激凌,那是上海最高级的地方,我们平时要有大事庆祝才去那里。然后她就在我们面前大肆梳妆打扮,并暗示那里还有些真正有趣的绅士。"

F.H.L在激愤的文章里历数西人在上海造起公园来之前,中国人世世代代都没有公园,也从没想到过要造公园,所以,他断定中国人的生活里从来没有对公园的需求。所以,如今他们坚决想要分享公园,并不是现代公民意识的觉悟,而是受妒忌心驱使。在中国人的内心深处,看到原来的烂泥滩在外国人手里渐渐变成了漂亮的公园,他们便想占有。中国人不懂也不会享受公园的好处,这在公园开园之初,苦力们在公园里的行为已经证明了的。所以,他们一旦在公园里出现,一定只有破坏公园,而不再有其他结果。我怎么也没想到,写这文章的人,竟长了一张有中国人特征的脸,而且还有一个对奶制品过敏的胃。也不会想到,当F.H.L回到英国本土,像耗子一样怯懦地寄居在切尔西靠河的某条旧街上。他做了一辈子租客,终身未婚。

"无论怎样英国化,你们还是只能适应上海的生活,而且只是租界时代的上海。"我指出这情形的荒唐。

不料他却惊奇于我推测的语气,他的身体再次向后仰去,像被吃惊击倒,远远地看着我,嗔怪地说:"你以为呢!上海是我们的故乡。"

公家花园的迷宫

我从未想到过,我的客厅里有一天,会坐着一个真正的中国人。她是至今为止进入利特家客厅的唯一中国人。我这么说显然是不准确的,难道我的祖母不是地道的中国人吗?但我们从未觉得她是。祖母更像是长相奇特的黑发爱尔兰人,说带地方口音的英语。其实,她坐在沙发上,坐在那幅母亲的金石收藏条幅下面,让我觉得精神紧张。我为她可能看到客厅书架上关于上海的书而感到略微的羞耻和不服,仿佛让一个中国人知道我还在徒劳地想念着中国,既不光彩,又理所当然。这种矛盾的心理一生都折磨我。

从中国来到英国的侨民们,当然都会在客厅里放上一些从中国带回来的装饰物。母亲一生都喜欢收藏中国的各种图章,因为它们非常值钱。我喜欢那些白底蓝色花纹的瓷瓶,因为它们与英国瓷瓶用同样的颜色,但英国瓷瓶是蓝底白色的花纹。我小时候常常不能分清它们的区别,因为在我们家客厅的博古架上,同时陈列着两种瓷瓶。母亲的中国图章都遗失在回国的路途中了,只剩下这帧图章目录。中国瓷瓶还是母亲命我们带回来的,最好的已经卖给伦敦的古董商换现金了,我和亨利留下几个,准备不时之需。但亨利没来得及用完,就去世了。

此刻,她坐在我的沙发上,转述当年父亲和亨利发表在《字林西报》上那些文章的内容,这是我第一次了解到他们俩到底写了些什么。当时我还太小,对报纸没有兴趣。我家的报纸很快就被母亲拿去给大司务,他拿去垫在厨房的橱里,以便更换。想来,我母亲也对报纸没兴趣。中国女人的表情里有种显而易见的惊奇,因为她

四、混血儿

从未想到过，英国侨民，像我们利特家的人，对上海会有真挚的感情。我解释我们对故乡的感情时，才想起来，这是我平生第一次对中国人敞开心扉。

最终，像公共租界的公园向华人开放一样，我将一个中国人请进家门。在离开中国五十年以后，真正对我有兴趣，而且我也有兴趣的，竟然只有上海人。我也终于没能遵守对亨利发过的誓。可我又怎么能真正遵守对亨利的誓言呢？在离开上海五十年后，突然上帝给我一个机会，了解父亲和哥哥在上海时写过的文章，我怎么能放弃这样的机会呢？在他们去世多年以后，我经过这种方式才得以与他们的精神世界相逢。差不多六十年以后，通过这个中国人的转述，我才第一次知道那些文章的内容。原来父亲真的是像亨利形容的那样，带有维多利亚情调。他流露出的哀怨，恰好是亨利认为的窝囊废。

遥远的往事被搅动了，像汤里沉在底下的肉块一样沉甸甸地浮了上来。在公园将要开放的前夕，一个礼拜天下午，父亲带着我们全家前去外滩公园听露天音乐会。好像此去，更是为了向这个公园告别。

其实我们对黄浦公园并不熟悉，它远在外滩，又太小。对我们来说，与我们家仅仅隔了几条街口的兆丰公园要亲切得多。出差去过伦敦的父亲说，黄浦江简直就是泰晤士河的翻版，坐在伦敦塔桥岸边的椅子上看过往的商船，实在令他想起坐在黄浦公园沿江堤岸边的椅子上的情形。要等到我自己去了伦敦，亲眼见到父亲当年在

公家花园的迷宫

上海描绘过的伦敦,才发现父亲对上海的爱,使他无法保持理性。

父亲在相当闷热的上海暮春的下午坚持穿外套,打领带,并要求母亲和我们都穿戴整齐,不亚于去剧院听音乐会。

公园草坡的白色凉亭前,德国人在演奏音乐,还有犹太人。喇叭的黄铜在阳光里闪烁。印度人穿着齐膝的白色上衣。日本人的西装十分袖珍和精致,他们的脸有种令大多数人惭愧的礼貌表情。法国人比英国人通常要穿得时髦些,每个人好像都不平凡,哪怕他其实根本就是个小职员。我最喜欢看混血儿,他们常常长得很古怪,不是很美便是很丑。公园里的人奇异地混合在一起,其中也可以看到少量中国人,他们有种飘飘欲仙而且傲慢并夸张的表情,即使一丝不苟地像父亲和母亲一样穿着正式的衣服,仍旧令人感觉很轻盈。他们都是住在租界的高等华人。这其实就是我印象里的上海,从世界各地来的人自然而色彩缤纷地混淆在一起,如同一盘色拉。

一个充分混血的地方是最令人舒服和兴奋的。在上海,你的耳朵里一下子能听到五种以上不同的语言。你眼前的黄浦江上,一眼能看到二十种不同的国旗在桅杆上飘扬。

父亲默默坐在沿江的椅子上,将浅口草帽搁在膝头,他柔软的头发被汗水黏在一起,露出粉红色的头皮。乐队在演奏铜管乐的时候,他的神情简直就像在默哀。亨利当时很不耐烦,我想是父亲毫不掩饰的悲哀让他感到难堪和无能。

父亲沉浸在自己的感情里,他说到了香港的公园。香港的公园已经向华人开放,但开放后即被中国人占领,他们整天占据着树

四、混血儿

荫下的长椅,或者酣睡,或者将手伸进宽大的黑色长裤里,遍体抓挠。公园里再也看不到一个西人。占领公园的人全都是中国下等人和苦力,而不是西人愿意相处的高等华人,甚至连高等华人也不肯到公园里去了。他自虐地描述公园一旦被占领后的恐怖景象,公园里所有的长椅都被中国人占据,而且他们可以整日在公园里不动,苦力仰天大睡时张大的嘴,他们脚趾间的气味,等等。

母亲阴沉着脸,眼眶四周有一大团阴影,这是她对某事感到绝望的标志。

而亨利则面色苍白地走开了。大概就是这以后,他发表了"中国人应该自己去创造自己的公园"的文章。在那篇文章里,他用了香港公园开放以后的例子,父亲在他的文章里变成了"某位先生"。

我记得当时望着家里人内心的担忧,模糊的不安全感里面也夹杂着某些兴奋,我想象平静的生活中或许会有史蒂文森小说式的巨变。漂泊的预感,激发了我心中浪漫的幻想。

看她脸上带着惊奇转述亨利文章的内容,似乎亨利写的那些都是非分之想。"华人在他们自己的市政府里没有发言权,然而他们要在租界取得这一权利。城里是拨给上海的华人居住的,而租界是拨给西人居住的。华人在租界的地位很像在旅店里居住的旅客,只要付钱,就欢迎他们,甚至欢迎他们提意见,但不能容许他们反客为主。"一定是这些话给她留下了深刻的印象,所以她还能背诵给我听,"这是亨利写的。"她说。我敢肯定这是亨利的想法,我甚

公家花园的迷宫

至想象得出他写这些话时的样子。

我能理解他所说"天生的权利"的含义，对我们来说，这种要求也是天经地义的。我们成长的时代，与我父亲成长的时代不同：我父亲成长的年代，中国人很顺从，上海像一个永远吹不破的气球那样只管胀大。每个人都觉得自己在创造奇迹。而我和亨利成长的时代，中国人从我们这里学到了足够反抗的本事，他们越来越强大。中国人甚至在英国租界的工部局有了代表席，他们捐的税甚至多过租界里的西人，中国人如肮脏迅猛的洪水般迅速淹没了租界。他们罢工的时候，连我家的佣人也跟着在我家罢工。大司务因为是宁波人，不能不参加罢工，但他将自己的职责细细交代给了我和亨利的阿妈——幸好她不是宁波人——由阿妈代职。母亲吩咐我们不要独自上街，怕街上暴动的中国人伤害我们。她自己则出去买了一大堆食物、黄油、牛奶等回来，囤积在冰箱里。那是我第一次感受到，我们不光是上等上海人，同时也是被华人憎恨的外国人，受人排挤。

租界是我们的家，我祖父祖母埋葬的地方。家园将要被别人抢去的恐慌，父亲束手就擒式的哀伤，对亨利来说当然是一个刺激。从前威力巨大的工部局的保护消失了，从前曾勇往直前的父辈也变得不堪一击，只有自己起来保护自己的立足之地。我又想到费利尼家阁楼上的子弹，如果将它想象成法西斯党支部的，也很合理。

回想亨利的一生，他一定是真心认为自己在上海有过天生的权利，而对英国，却不会这么肯定。亨利真的不明白，为什么我们的

四、混血儿

家园将要不属于我们，我们为什么不得不将自己所有的东西都拿出来与别人分享，而且，最后我们还将成为丧家犬。他不明白，这其实就是我们的命运。

人在年少的时候，都是反抗命运的，而且同时反抗那个向你昭示命运的人。然后，人就会无声地承担自己的命运。不知道在英国各地的建筑里，有多少像我这样默默活着或者像亨利那样默默死去的人，他们是英国人，但家乡在非洲，亚洲，美洲，大洋洲，那些在旧英国制的世界地图上曾经是粉红色的殖民地。那时，整张世界地图上，到处都是粉红色，它常年挂在我在上海的中学教室的墙上。后来，我回到英国，才知道上海人在英国和欧洲的坏名声：自称为上海地主的英国侨民保守，粗暴，无法无天，愚蠢到特意花时间和精力去侮辱我们的中国朋友，但几乎没人知道，我们心里持之以恒的丧家犬的恐慌。

"哇喔。"她等我的长篇大论结束后，发出含糊的感叹。

"哇喔。"我说。我还能说什么？对于租界和公园，各人有各人的角度，各人有各人的背景，如果你站在他的角度，就能看到他的道理，以及他的局限。

他的表情是奇怪的。虽然他充满感情地解释着，但嘴角却闪烁着嘲讽和否定的微笑。要是我反感他的解释，他那微微拧着的嘴角已充分理解并安抚了这种反感。但他的眼睛却真挚地大睁着，鼓励我设身处地地理解。这也是许多上海老人说到租界时候

公家花园的迷宫

类似的复杂表情。他们阅历丰富的脸上充满皱纹，常常补充着他们叙述时的潜台词。这点也像我丈夫的所为。

公园开放那一年，年幼的劳伦斯·嘉道理爵士正在上海度过自己的少年时代。按说，他们应该在同一所英童学校上学。日后，回忆起那时的上海，嘉道理说："没有一个城市，以后也不会再有另一个城市像处在两次世界大战之间的上海，这是一个混合着东西方特点，带着强烈反差的城市。这个既有善，也有恶的东方巴黎，为冒险家提供了一个乐园，上海所提供的国际环境开阔了我们的视野，并使我们懂得怎样才能成为一个世界公民。"

"你认为这个世界公民是什么意思呢？"我问他。

他站起身来，握着没喝完的威士忌，摇晃着头，好像在犹豫和权衡。然后，他转过头来看定我："我也许在做什么傻事。但是，好吧，无论如何，就这样吧，"他说，"我可以给你看亨利回英国以后写的东西，当然，从未发表过。也不能算是真正的回忆录。"

他去了内室，然后带回来一个绿色的皮文件夹，里面保存着一叠写满了字的薄薄的白纸，纸上的字迹小而规整，紧紧挤在一起，像一堆倾覆在纸上的芝麻。这样的笔迹立刻让我想到了在报纸上读到的F.H.L的老师对他的描写。

我从未见到过这样狭窄的城市，形同一座监狱。看上去人们来自四面八方，非洲各地的人，亚洲各地的人，看上去人们正做着他

四、混血儿

们各自的营生,巴基斯坦人开小烟纸店,印度人和中国人开餐馆,非洲人做苦工,白人们则比较体面地生活着,但实际上,他们都只是唯一一种人,即英国人,小心翼翼地按照伦敦的规矩生活——而这规矩是何等的繁多和陈腐!将每个人都装在规定好的铁盒子里,就像一听听午餐肉罐头。他们没有各自的背景和文化带来的自主,他们像午餐肉般地活着,特别是白人们,那粉红色的头皮不就是午餐肉般的颜色?!而一个活生生的人的立锥之地在哪里?

白人们,特别是从殖民地回来的白人必须体面地生活。要是他们不能比那些安分守己过小市民生活的英国人更体面,他们便沦为笑柄。他们在海外的经历当然也是笑柄,你到阿里巴巴的山洞里走了一圈,却两手空空地回来了,难道不是失败者吗?这种压力对我来说是遗传的,父亲在此压力下灵魂已成粉末,并因此而早亡。贫困白人简直让全体白人在其他人种面前丢尽了脸,他们被白人和有色人种同时看不起,在世界上无立锥之地。世事变幻,什么都变了,但这种压力从未消失。它也许不是压力,是如同牛顿定律一样的普世真理。

外来者的身份到底意味着什么?意味着你从未真正有权利保护自己理应有的那一份,你得像一枚钉子一样鲜血淋漓地,两败俱伤地插进紧密的社会中去。也许我从这个角度可以理解上海华人在租界的行为。我们这样的人,永远都是外来者。

我梦见了愚园路,没有逻辑的梦境,但真实得如同现实生活一样平淡。我家的走廊里没有人,但似乎阿妈在附近的什么地方,我

公家花园的迷宫

看到了她手中亚洲团扇的阴影。在梦里,我竟然松了一口气,想,原来伦敦的生活只是一个噩梦,我正安全地在自己愚园路的家里。通过这个梦,我发现自己的潜意识里那可怕的上海性:我不得不属于在上海的英国,而且只属于它。让人绝望的是它已永远消失。但是,如果让我选择,我却仍旧宁可选择那个英国,视野广阔,机会众多,充满了真正的国际性。而不是这个现实中的英国,这个英国看上去有四海之阔,但实际上却是狭窄拘泥,大惊小怪。我不得不冒着崩溃的危险,坦白地承认,我更合适上海,我想念那里的丰富和混乱以及给我的自由以及自信,我在这里时常喘不上气来。是的,我必须要制止自己这种愚蠢的怀乡病的泛滥,我要打起精神来。但我越来越感到自己身上那东方遗传的多愁善感正水落石出。在我最软弱的时候,让我苦苦怀念的,竟然是阿妈团扇的阴影,说起来,是何其荒唐!

  对于我来说,伦敦只有一个地方是可以呼吸的,那就是格林威治村的旧码头以及通向它的那一路,无穷无尽现已凋败不堪的码头和仓库,古老的快帆船,早已改变了的地图,那些褪色的粉红色。向那里漫步走去的时候,我才能像人那样呼吸,作为一个视野开阔,并拥有汹涌记忆的英国人,一个有此种价值的人难道对英国来说竟然是古怪而且无用的吗?多愚蠢而势利的人们!

  "那么,你认为上海那时能教会我们这些人怎么做一个世界公民吗?"他见我从亨利的笔记上抬起头来,便问。

四、混血儿

    我看着他,我猜想那是句反问句,果然,他不等我回答,就接着说:"那时的上海,给我们打开了眼界,但并没有教会我们怎么做世界公民。它只是让我们再也做不成纯粹的英国人。"他再次激动地涨红了双颊,中国人的线条再次浮现出来。

Kirghiz avec un aigle

PIECE.05 筷子俱乐部

公家花园的迷宫

2005年复活节，在伦敦。

清晨，高地门公园附近的背静小街被冷飕飕的细雨淋得透湿，不过，在雨中开放的玫瑰颜色反倒更加鲜艳了，香气也合着湿润泥土的气味在街道上徘徊不已。复活节的早上，仍旧充满睡意的街道上带着节日早晨特有的宁和的感伤。

吉迪拉着他家的老狗维基去高地门公园散步，身上一团凛然寒意。穿过黑色的铸铁转门进公园时，吉迪走到了狗的前面。他转过头来瞥了维基一眼，它狭长的脸上果真有种郁郁不得志的清高表情。看来娜佳说的没错，他和他的狗，的确越长越像。维基像镜子一样照出他心里那种嗒然不快。由此吉迪想到，或许自己真越长越像父亲了。维基的举止，更让他想起父亲中年时候的模样。在嗒然不快里，父亲还有些洁身自好的小小得意，对身外的一切似笑非笑。

娜佳一直都委曲求全，生怕惹吉迪不高兴。她一直想维持好他们之间的关系，她的确喜欢吉迪这样风格的东方男人，喜欢他对俄罗斯艺术的熟悉，因为她是列宾美术学院的毕业生。她从圣彼得堡辗转来到英国，想在此找到一个合适的人结婚，留下来当英国人。而吉迪不光在体面街区有栋祖上传给他的房子，有体面工作，未婚，而且会拉小提琴，热爱俄罗斯文学，富有情趣，这让她有种熊掌与鱼得兼的感觉。所以她总是揣摩吉迪的心思，投其所好，甚至在床上会夸大自己的快感来取悦吉迪。这些移民的苦处，吉迪都看出来了，都能同情地理解，也并不因此居高临下，只是他心里明白了，就无法再让自己不明白。这苦情毁灭了

PAGE（ 98 ）

五、筷子俱乐部

他的爱意。他喜欢交俄罗斯女朋友,喜欢亚麻色头发的,苗条的,就像有些人就喜欢吃辣椒一样,几乎就是生理上的习惯了。但每次他的女朋友都交不长,在现实生活中遇到的女孩,与他心中的形象,有致命的错位。这个复活节前夜与娜佳结束。她得知再不能挽回他们的关系后,渐渐涨红了脸,甚至连额头也红了起来。她恶狠狠地看着吉迪和他的狗,有些语无伦次:"你们都一样,你和你的狗,自以为了不起,其实还真不算是什么纯种。"娜佳一直忍耐着吉迪的过分,他时时刻刻都要她像普希金长诗里的主人公一样完美,她总觉得自己走在吉迪标准的钢丝上,不得不竭尽全力。

吉迪靠在墙上,看着娜佳苍白的小脸在月色里微微颤动,什么也没说。他心里明白,娜佳的恼怒不光出于失恋,还有更现实的原因。

她终于失态了,她的口音因为愤怒和失望,终于暴露出东欧女人的粗鲁。吉迪依稀熟悉这种坦克车般的粗鲁和强硬以及谄媚。

他再次想,也许下次再也不找俄罗斯女孩了。从十九岁跟随父母姐姐移民到伦敦,吉迪初恋的女友,就是一个俄罗斯女孩。至今,他有过六个前女友,全都来自俄罗斯。吉迪对自己摇摇头,承认自己除了不合时宜之外,已有些老光棍的别扭。光阴飞逝如白驹过隙,他的人生已经过半。但他仍没想好到底要与谁结婚。他只知道,自己不会娶俄罗斯女人,不会娶中国人,不会娶英国人,不会娶黑人。他知道自己不会和这些女人成一家人。一家人可是个亲密无间的概念,他不相信这些种族的女人会和自己

公家花园的迷宫

在心灵上亲密无间。上一个俄罗斯女朋友告吹后，父亲已在病中。他躺在床头还调侃他，问他瘾头是不是已经过足了。

每次，都要到他来自俄罗斯各地的女朋友耗不起，闹开了，他才想要戒瘾。

娜佳低声咆哮时，茫然四顾的孤独如汪洋大海般向吉迪漫来。吉迪就那样一声不吭地靠在墙上。从那时直到现在，吉迪再也没开口说过话，他知道自己舌头两侧已经有牙齿的印记了，这不是因为脾虚，而是因为太久没用嘴了。那些舌头两侧的印记，就像夏天睡枕席时留在颊上的席子印一个道理。

公园里起伏的大草坡在细雨里绿得十分可人，草坡尽头的树林也绿意葱茏。英国多雨的春天其实非常可爱，充满大地回春的幸福感。吉迪想起自己的大学时代，下课回家抄近路，天天都穿过那片树林，然后，是这个草坡，再路过黑色的游园规则牌，出边门。母亲在门前的小花园里种了玉兰花树，这个季节，树上开满白花，在乔治式古旧街景的衬托下格外活泼和亲切。母亲到了英国后，才有机会发展自己对园艺的热爱，她再也不用在窗台的方寸之地种花了，她突然拥有了一个花园。

父亲常常在走廊尽头的厨房做晚餐，整条走廊有时会充满了匈牙利烩牛肉的香料气味。当时，唐人街没什么值得买来怀旧的。他们家是连根拔起，为了省心，有意识地断了与上海亲属的联系，所以，他们家不可能有国内寄来的干货包裹。所以他家三餐，吃的是中西混杂的食物。不过，也慢慢习惯了。他们在继承的房子里找到许多箱十九世纪末从上海陆续运到伦敦的中国古董

五、筷子俱乐部

瓷器，被父母用来装饰出一个深具东方情调的家，或者送去古玩店寄卖，用它们维持了生活的体面，供他上亚非学院。

在大学时代，吉迪一度认为伦敦就是他的母城，高地门就是他的老家。他家的人在这里苦尽甘来，一脚踏入天堂。这样的城，怎么不让人视如母城呢？这么多年，在安定的心情里熟悉了一草一木，一砖一石，几十年都在同一家面包店买面包，在同一家图书馆借书还书，天天在这草坡上散步溜狗，上海被一层层的伦敦记忆埋葬得更深，几乎忘记了！梦里的人，也说着英文，而且他们常常说的是吉迪至今不敢卖弄的咬文嚼字的文雅英文。

吉迪沿着草坡上的小路，一直走到大橡树下。远远看见大树下他家的椅子被夜雨打湿，显得颜色深多了。那把椅子是父母双双谢世后，他和姐姐捐给公园的。他家的人来此散步二十多年，常常在这树下歇脚。他们街上邻居曾在这里捐一张长椅纪念老人，他们也这么做了。吉迪和维基每次散步至此，看到大树下的椅子，就过去坐一下。椅背上刻着一条字：为了纪念聂家的詹姆士和埃利斯贤伉俪。这里怎么不是母城？对父母的纪念都在这里。

吉迪一直到十九岁那年的秋天，才知道父母亲有英文名字。那是个令人震惊的秋天。先是政局变了，"四人帮"被粉碎。接着，香港的亲戚从天而降，带来英国的律师函，通知父亲去英国继承遗产。直到这时，吉迪和姐姐才知道父亲竟然能说一口好英文，母亲竟也能说一口好英文，他们在说英文时，幡然转变，谨小慎微的小职员形象，像一件外套似的被脱了下来。他们是詹姆士和埃利斯，家族在伦敦留给他们一处房产，和满地下室十五世

公家花园的迷宫

纪到十八世纪的古董。父亲的家族，竟然是清末和民国时代的上海望族，祖上做过上海道台，这个道台竟然还在公园纷争时代，在苏州河畔为租界华人争取到了一个华人公园。他还在公园门口题写了一块大木匾，上面写了"寰海联欢"。他的故事与吉迪在中学历史课上学到的知识正好相反。父亲竟然在一本《新华字典》的封面夹层里藏着一张道台穿官服的照片，他和姐姐立即在旧照片上发现了与自己相似的两道浓眉。他们曾经以为自己只是遗传父亲的，哪知道要追溯到如此久远。

紧接着，他们家就迅速整理行装，申请护照，注销户口，静悄悄地离开中国。

在中国的最后一夜，每人两口箱子已放在门后。可他们是那么害怕会节外生枝，以致一家人都睡不着。他们怕外人知道，所以没有退房子，没有收拾公用部位的用具，没有处理家具，吉迪和姐姐没向学校和单位告假，甚至父母也都没有向单位告假，出发的日程一直处在保密状态。母亲曾问父亲以后这些怎么了结，父亲笑了笑说，永别了。那夜，吉迪躺在他的长沙发里问父亲，他怎么会这样老奸巨滑，就像共产党的地下党一样。父亲嘿地笑了声，告诉他，他的亲弟弟，被单位送去大丰农场劳改。他的亲姐姐，被吓成了精神病，从1964年起，一直住在北桥的精神病医院里。要是他们自己不张扬的话，从一代直系亲属关系上并找不出破绽，这全都是因为他们自己不当心。这也是他为什么叮嘱全家人甘居中游的原因，如果要入党，组织就要查三代了。

直到飞机起飞了，离开中国的海岸线了，他们才敢相信自己

五、筷子俱乐部

真的逃离了阴影。当父母终于可以毫无顾虑地布置自己的家，吉迪才发现他们嗜好青春艺术风格的家具，和中国瓷器，口味十分混杂和摩登。也许正是因此，他们双双过世后，他和姐姐肯定，他们一定会认可在公园里捐一张椅子的纪念方式。这使得他们能体面而温情地被提及，特别是联系到祖上当年题写的那块早已灰飞烟灭的木匾。

父母生前每天都到公园里散步，他们总是打扮得很整齐，用发蜡抿整齐头发，在衬衣领子里衬好平整的丝绸围巾，母亲穿上皮鞋。他们与那些穿着运动衫就去公园的年轻一代相比过于郑重。父亲一直说，公园是个公共场所，打扮得赏心悦目就是公民义务。吉迪记得在上海时，他们也是这样的。刚到伦敦的时候，父亲曾将他拉到边门口的游园规则牌子前，点给他看园规：不得穿着随便，不得在公园里说不合适在公众前说的字眼，不得随意脱鞋或脱衣，不得在非指定处晒日光浴，不得在非指定处聚餐、集会、歌咏，不得在非指定处使用任何遥控玩具……园规一共有八十六条之多，绝大多数都是不得如何。父亲告诉他，自己深深喜爱这样的秩序感，这给他带来从未有过的安全感，和做人的体面。吉迪说这已妨碍公民自由，父亲却仰天长叹一声："儿子，我是从乱世里出来的人！"但父亲并不责备吉迪的想法，他认为吉迪已是英国人，他有资格崇尚自由主义。

吉迪路过父母的长椅，轻拂过父母的名字。即使只是在手指上那一点点触觉，吉迪也为自己父母感到安心。在祖上的福荫下，他们终于在英国体面地走完了人生。这种对血缘无以报答的

公家花园的迷宫

感恩心情，吉迪深有体会。他走向小动物园。高地门公园里的小动物园有一百多年的历史了，当皇家花园改变成公园，向附近的居民开放，就为小孩子们准备了一个小动物园。吉迪听到驴子的叫声，那里是维基的乐土。吉迪看到它背上的毛都激动得立起来了，到底物都以类聚，吉迪想，娜佳她们永远不会明白这种感恩，和这种感恩里藏着的自怜与自卑。

吉迪在熙熙攘攘的唐人街上走着，这里与英国其他地方都不一样，走在路上很容易被人撞到。这种身体突然一惊的感觉，会唤醒他已经漂缈了的东方感。好像有一个遥远的自己在心中某个角落翻了个身，就要醒来。吉迪有些喜欢这种感受，这也许就是每次筷子俱乐部活动，他都提前到唐人街转转的缘故。他总是从这边的牌坊一直走到那边的牌坊，尤喜去钻门面狭小的古旧老店，里面小得需侧着身子，按下衣摆，得说古老的广东话。那些老店，曾是一百年前伦敦唯一能买到鸦片的地方。吉迪喜欢探索那些与中国有关的混乱不堪，或者有过混乱不堪历史的地方。在那里，他情不自禁想到万历皇帝，有历史学家宣称，万历是中国第一个有记录的鸦片上瘾者。鸦片与中国人情感的关系可谓深厚，吉迪从大学时代起，渐渐对这种奋不顾身的颓唐感深感兴趣。

按理说，复活节的中午，阖家团聚的时刻，筷子俱乐部不会活动。这是伦敦最体面的华人俱乐部，会员们都是从中国近代史上盘根错节的大家族里漂流海外的人，都经人介绍，考证，验明正身后才能参加。这个俱乐部可以说是个以血统为资格的遗少俱

五、筷子俱乐部

乐部。这次,是因为上海来的近代上海工商史专家只有今天中午有空,可以为筷子俱乐部成员做专题演讲,并与他们共进午餐,大家这才决定聚拢在一起。通知上还专门提到,这位外滩史专家同时也可为各个家族的脉络问题答疑。

对吉迪来说,有出乎意料之喜的,是这位女客人与他小时候的女同学同名同姓,他不知道会不会就是同一个人。那个女同学,出身于山东南下的干部家庭,与吉迪住在一条弄堂里,一起上了小学和中学。她家独占了一栋洋房的整个二层楼,比一般窘迫地分居在洋房各个房间里的人家要舒服得多。那栋洋房真正的主人龟缩在三楼,他家的女儿们教养好过她,却没有她的大方和单纯。在吉迪看来,这女同学身上的好处都来自于外来统治阶级清白的身世,与高人一等的优越感。他们从山东来,住进上海,把上海当成他们自己的,没有一点迟疑,也不赔一点小心,就这么土生土长起来。"文化大革命"的时候,她家也倒霉,也被抄家,可她的落魄,从无自卑,而是此身甘与众人违的孤傲决绝。要是那女孩现在果真成长为著名的历史学家,与吉迪在此处相逢,这种本末倒置,真是太戏剧化了。

一品香菜馆偏向考文垂花园的那一边,在一条古老的小街上。店是李鸿章众多后代中的一位重孙开的,现在已经第二代。店主人虽然还姓李,却是在伦敦出生的华人,将Li的拼音,写成了Lee。筷子俱乐部1960年代成立时,老主人就在顶楼布置了一个清雅的阁楼,他特地请会员们将自家祖上的照片拿去请人画成肖像,仿造国家肖像馆的样子挂在墙上,组成一个小小的近代中国

公家花园的迷宫

名人肖像馆。那些陌生的面孔和赫赫有名的名字，在四壁一一排开，差不多就包括了三分之二的近代中国史。不过，将李鸿章的像与翁同龢的像放在一起，已不再令人不安，康有为的后人连中文都说不清楚了，管行李叫李行。大家都不愿意打击他说中文的信心，所以到实在没耐心听的时候，也满面微笑地点头。以会员们的处境，与对的人，在一个对的时间，吃着中国菜，说一点彼此认同的那个不曾暴乱四起，分崩离析的中国，这何等奢侈。大家都小心翼翼维护着。

吉迪想起父亲是如何将自己带上这个吱嘎作响的楼梯顶端，如何捐出一对日本仿唐的碎瓷花瓶给这房间做摆设，如何将他介绍给那些坐在暗处的苍老的脸："犬子在SOAS的东亚系读书。"然后，要他给大家行鞠躬礼。吉迪就这样一点一滴地学习旧中国的斯文，学习做一个世家子弟。年轻时，他觉得很是腐朽，现在却越来越欣赏，走在穿过罗素广场大群黑压压的英国人里，他越来越觉得自己古意盎然，并因此而优越。

女客人已坐在窗前的沙发椅上，与会长谈笑风生。即使背光而坐，脸上一片晦暗，她的眼睛仍像惊叹号一样醒目。果然是小宁。是吉迪的女同学。吉迪的脑海里浮现出她穿淡黄色跳舞裙的样子。那时，当她看到自己与黄浦区来的史美娟交谈甚欢，也是这样恍然大悟地瞪大眼睛。小宁演讲的时候，吉迪在一边为她播放幻灯。

吉迪继承了父亲喜欢摆弄时髦电器的嗜好，对所有机器方面的东西都爱好。实在无机器可摆弄时，他就用父亲留下的一套

五、筷子俱乐部

1930年代的德国工具拆装旧手表。所以，每次俱乐部有报告，吉迪都负责幻灯，保证演讲人带来的图片能在演讲中使用。从前，会员中有人回中国省亲，会将旅行中的见闻拍成幻灯，包括自己祖上的大宅子，留在大陆的老人，自家企业被新主人如何翻新的实景等等，在聚会时做个报告。大多数报告，都是出于由衷的"逝者如斯夫"式的感怀，因为他们大多数的遭遇就像吉迪一样，虽然继承了祖上的浓眉，却无从了解家族的历史。

这次不同的是，上海从1840年至2005年的几番沧海桑田，在图片里从他们眼前流过。没有抒情，没有迷茫，也没有吉迪小时候习惯了的民族主义高调。小宁这次一方面又轻而易举地超越了从前对近代史的歪曲，另一方面也超越了会员们感叹沧海桑田的激越感情。她描绘了一段没有被意识形态左右的历史。吉迪体会到了这个立场的超然。既羡慕又不平的淡淡嫉妒在他记忆中苏醒，让他想起在上海度过的中学时代。如今，小宁还是理直气壮地当上了上海史专家。

在说到外滩公园第二次扩张，英国人受到上海道台的抵制时，小宁微笑着转过脸来，对吉迪说："这个人就是你的曾祖父，他是曾国藩的女婿。"说着，她又向自认为只是康有为后代的派却克微笑了一下，说："你们其实是远房姨表兄弟。你的外祖父是曾国藩家的表亲。"吉迪和派却克因此特地喝了一杯酒，庆祝彼此成了亲戚。接着，小宁为在座的好几个人解释了他们之间缥缈的亲属关系，当时的大家族，人口众多，彼此通婚，大家多少能沾上边，一个复活节午餐吃得皆大欢喜，等于英国人回老

公家花园的迷宫

家见亲戚团聚一样。

小宁坐在一屋子伦勃朗风格的幽暗肖像下，彼此别有一种焕然一新的和谐。她最欣赏严信厚的肖像，因为油画烘托出主人的沉郁和不甘心，比1907年发表在英国的照片更醇厚。小宁来英国做外滩中文资料和英文资料的对比研究，她在多伦的东方博物馆里做了一个演讲，并访问到了一个在上海出生的英国侨民。她在大英图书馆的印度阅览室看书，是英国文化协会出面为她申请的最高级别的阅览证。吉迪开始还与别人一样围着她问自己家族的各种底细，好像发现新大陆；后来，一种不服渐渐从心中升起，他不愿意一个外人，真正的外人来告诉他，他家里发生过什么，点出他的无知，以及这个遗少俱乐部的虚妄。

小宁当然是可以成为一个上海史专家的，但她本应来向他们求证历史细节，寻找私人历史的线索以补充大历史的空洞，而不应来指导他们了解自己的祖上。但是，他们中又有谁有能力做这件事呢？这些大家族，全都将自家的历史刻意隐瞒和忘记，就像吉迪父亲做的那样。比起小宁提及的历史经纬，他们所能说的不过是些过去声色犬马的物质生活，带着一股艳羡的俗气。

吉迪第一次强烈地觉得，俱乐部里的人与其说是已归宗认祖的遗少，不如说是狄更斯小说里的孤儿，他们从没有得到小说里的幸福结局。

大家都说这个复活节过得这么有意义，吉迪更应该请小宁喝酒。吉迪微笑着点头："我也是这么想的。我请小宁去舰队街的那家酒馆喝酒去。"那家酒馆是当年《英语语言词典》的作者常

五、筷子俱乐部

去喝酒吃饭的地方,至今店堂里还标出他的座位,而且保留着狄更斯时代的酒馆面貌。吉迪的心思里,有种试探小宁口味的意思。小宁显然知道约翰逊,她高兴地笑了,将手掌在吉迪臂上按了按,表示谢意。但吉迪却既放心又失落,他放心的是,小宁似乎是同好,不至于乏味,失落的是,对这个山东革命者的后代,他似乎仍旧没有优越感。而且,她无名指上结婚戒指的闪光晃了他的眼,没什么来由地添了些怅然。他以为自己早将他们之间的那点幼稚的关联忘记了,可此刻却发现并不是这样。

吉迪索性站起来,说是去为大家下阳春面来吃。这是他从父亲那里继承过来的俱乐部余兴节目。他们父子下阳春面的功夫,比任何唐人街上的师傅都要讲究。他进厨房去,让帮厨的揉了面团,等面团醒的时候,他自己亲手调了细盐和老式的白色晶体味之素,然后,他上案板,也没要别人递过来的围裙,就那么擀了面饼,切出极细的面条来。在案板上将面条小心翼翼抖散的时候,浮粉在他裤子上薄薄地落了一层。帮厨的女学生殷勤地说:"要不要我帮你围一围?"吉迪摇摇头,他这就是做给小宁看的。当时,他们的弄堂里只有两家人热爱面条,小宁家是她妈下厨做炸酱面就大葱,吉迪家是他爸下厨做阳春面。

吉迪亲手将乌木的大托盘送进房间去,带着一身细葱的暖香。小宁脸上果真出现了又一个惊叹号。吉迪照例装作什么也不觉得。

在酒馆里,小宁似乎是为了报答吉迪,将自己了解到的聂家掌故一一告诉吉迪。聂家子弟的英文是傅兰雅和夫人亲自教授的，聂家的女儿们是上海第一批教会学校的女生，上海道台的家训是，后代永不为官。吉迪只是默默地听，不肯提问。小宁以为吉迪已经知道了，就对他说，要是她讲的不新鲜，就要告诉她，免得她饶舌。吉迪点着头笑，一半自嘲一半掩饰地说："我什么都不知道，全凭你告诉我。"那口气，听上去真假莫辨。

小宁啪地打了他一下，说："不要阴阳怪气。"这还是他们在幼儿园时的习惯。

从舰队街的老酒馆里出来，他领她去看了萨缪尔·约翰逊的故居。在方形的老式内院里，洒满突如其来的明亮阳光，天已放晴了。小宁仰头看外墙上钉着的名人牌，心满意足的样子，让吉迪想起了小时候。他们曾经是一对好朋友的，在那条每天晚上都有人摇平安铃，奉劝大家火烛小心的弄堂里。吉迪突然想念起上海来，他十九岁离开后，就再也没回头。

与小宁在舰队街分手。小宁望着他，突然说："看你下厨房去做阳春面，我突然对所谓'海外游子'有了具体的认识。"

"什么认识？"吉迪脸上出现了一点淡淡的笑影子。

"自我放逐。"小宁仍旧毫不客气。

"为什么不说这是四海为家？"吉迪说，"我家从来不像你家，总是理直气壮站在明亮的中央。这就是我们要四海为家的先天条件。我家不是还有过寰海联欢的匾嘛。"

"可你不觉得这里面有包容和放逐的不同吗？"小宁说。

"这可怪不得我们。"吉迪说。

"我只是指出两者的不同。没责怪你。"小宁没有理会吉迪

五、筷子俱乐部

埋下的伏笔,挥了挥手就走了。她还得赶去真正的国家肖像馆翻拍戈登铜像。这个中文历史书上的侵略者,是英国殖民史上远东的先驱者。

吉迪在街上走了走,一时没有方向。阳光益发耀眼,天蓝得几乎要滴下来,一派春光。他发现街上除了成群结队的游客,还有一群一伙的家庭,显然他们都是吃完了复活节团圆饭,出来散步的,能在不同的表情里,找到面孔结构上的相同,这在吉迪看来就是了不起的神迹了。街上荡漾着节日轻松的温暖气氛,吉迪却不知道自己应该到哪里去。姐姐姐夫一家带着孩子们回爱尔兰老家去过节,想起来,晚上与娜佳的决裂其实就是复活节的安排引起的。娜佳想与聂家一起过节,可吉迪不过节。他已经熟悉了这种在复活节油然而生的孤独感,并不想排遣它,他知道怎么与它共生。

吉迪在十字路口站了站,向右面一拐,向罗素广场走去。

一出太阳,空气里就暖洋洋的,充满新鲜树木和草地散发出的春天气息。女孩子们突然露出了她们白皙的腰腹和脖子。吉迪走过人群,觉得有些懒洋洋的晕,他知道在诺丁山的街道上,一定站满了喝啤酒的人,这个天气,在露天喝点啤酒,会极舒服。但过后,他会感到非常沮丧。这样的天气,要是有女朋友,她们也都喜欢做爱。他可以满足她们,但却自己控制着,不肯到高潮,因为他知道,高潮以后,他也会非常沮丧。

吉迪害怕经历那种没有来由,因此也很难战胜的沮丧。

公家花园的迷宫

他越走越背静，街上几乎没有行人了，面包房、餐馆、杂货店，一应关了门。《金融时报》的办公大楼里也一派寂静。他走下弯弯曲曲的窄街，来到他工作的画廊门口，摸出钥匙，打开边门。展厅里有股画廊特有的气味迎面扑来，这种气味里有种若有若无的旧画布的干燥松香油气味，既古老又刺激，吉迪不禁深深吸了口气，这是他最爱的气味。

陈列的古老油画前没开灯，所以，在自然的天光里，那些老旧的图像团团散发出岁月的暮霭，温暖而隔绝。吉迪一面关门，一面去看那幅挂在正中位置的1860年的上海外滩，那是个叫富华的中国画匠画的，虽说是油画，却有着深重的国画笔触，好像外国口音很重的英文给人带来的异国的浪漫情调。那外廊式的低矮洋行楼房前，苗条的香樟树和银杏树，一团弱冠少年般的稚气。在画作的最右端，外滩公园还没有建园，只能看到一条长满青青芦苇的滩地。外滩寂静的堤岸上，能看到拖辫子的中国人在与戴着拿破仑式灰黑色礼帽的外国人站在一架马车边交谈，一团和气。这幅画，是这家以收藏远东殖民时期油画作品为特色的画廊的镇店之宝之一，也是吉迪进画廊工作时经手的第一幅作品，为了确定这幅画的年代，他将外滩建筑建造的年代一一查出来，一一对照。他这才发现自己虽然出生在上海，但对它知之寥寥，就如对自己的家族。那是他第一次对自己的故乡正襟危坐。

吉迪独自在幽暗的展厅里待了一会。他感到自己的心开始沉静下来。

然后，他走下楼，他的办公室在楼下的半地下室里。他推开

五、筷子俱乐部

　　自己办公室的门,拿了茶杯去公用的小厨房,烧了一小壶开水,冲洗了一遍锡兰红茶后,酽酽地泡开茶砖,沉重的茶香四溢,他从冰箱里取出牛奶,冲进滚烫的茶水里。茶水颜色迅速变成醇厚的浅棕红色。放了三块方糖,他又在杯碟里放了块曲奇饼,然后,端回办公室,在桌上放好,再放上一块棉布茶巾备用,最后打开藏在书柜里的音响。他舒舒服服靠进深深的沙发圈椅里,喝了一口茶。

　　画廊里没有一丝声音,宛如一个自在的小世界。办公桌对面的墙上,挂着需要鉴定的新油画复制品,那也是一张十九世纪中叶的外滩。黄浦江上有一些小木船,上面堆着大包,吉迪想那不是茶叶,就是鸦片。对那个时代的少年外滩,他已经很熟悉了。

　　马友友的大提琴轻而清晰地响起,他在演奏巴赫。

　　吉迪吁了一口气,如同船终于进港后的最后一声汽笛。

Kirghiz avec un aigle royal

PIECE·06 意大利冰激凌

公家花园的迷宫

2007年秋天的一个下午,史美娟恍恍惚惚地走到长治路口。阳光突然从西面的楼房旁边刀一般明晃晃地劈过来,新修好的这段长治路,像话剧舞台上的布景般明亮,整洁,而单薄,阳光晃花了她的眼。她用手背挡了挡,觉得眼泪乘机涌出来,嗓子也卡住了,心里像死了人般的难受,她觉得自己就要哭出来了。

史美娟心里说,这是没办法的事,没有办法。"没有办法"这四个字,对史家的人来说,就是节哀顺变的意思。1987年爹爹去世,大家对妈就是这么说的。1999年姆妈去世,大家对她也是这么说的。2001年小弟向她借钱开杂货店,小弟长得像爹爹,可做派怎么也不像,大祥杂货铺的生意眨眼间就败了,她的钱自然也打了水漂。她去催债,小弟也说,这是没办法的事。现在,她对自己这么说。

为了钱,与小弟不开心,史美娟已经有好几年没回自家老房子了,春节这种阖家团聚的日子她也不回去。

她自己的家住在外环,整条街都是新房子,她和丈夫都是从小在石库门弄堂里长大的,所以格外渴望住新房子,他们对自己终于能有新房子住最满意。他们家住在一楼,阳台外面有一个小花园,不比石库门的天井大多少,但是自家花园。他们在花园里种了两株茶花,沿墙种了一排青竹,正中间种了一棵小樟树。她还特地算好樟树的位置才下种,将来樟树长大了,树荫不至遮住房间里的阳光。即使这么个小花园的布局,他们都用皮尺反复量过,用硬板纸按比例做了个设计稿。这是石库门里长大的人擅长

六、意大利冰激凌

的生活技巧。

樟树下养了一大缸红鲤鱼。那只缸是史美娟从娘家拿来的,原先姆妈放在厨房里盛米用,后来弟弟一家在里面放厨房的杂物。她就将它搬回来养鱼。

这个小区那么多家有小花园,就数她家的花园兴旺。春节还没到,她就早早把红灯笼挂在阳台上,门上贴了一个倒挂的"福"字。晚上在小厨房里吃完饭,收拾干净了,女儿回自己房间做功课,她和丈夫两个人在客厅沙发上坐定,嗑瓜子,看黄金档的连续剧。外面路灯将灯笼长圆的影子投射到一尘不染的地板上,史美娟从连续剧的喜怒哀乐里走了神,她审视自己的生活,心中安稳而且自豪,自己靠一双手,虽然如蚂蚁搬家一样的辛劳,但最后也建立了体面的生活。她有时想念自己的父母,她有能力让他们享女儿的福了,可他们都已不在。但这种想念并没令她感伤,只是令她有些遗憾,她有时想象,要是将父母接到自己家小住,他们会如何的高兴。父母总是真心为自己孩子的生活喝彩的,他们会让她心满意足。

不过,大年夜的黄昏,她在厨房窗前忙着,突然看见邻居一家一户的,拎着大包小包出门,她知道他们是回家团圆的。有时是一对小夫妻,有时却是中年夫妻加上孩子。孩子要是磨蹭,邻居夫妇就一迭声地催,怕回去晚了,他们的父母要动气。老一辈宁波人规矩大,要是小辈摆了桌子才进门,不会给你好脸色看的。史美娟想到自己的父母早年也这样。那时,她的心就往下沉

公家花园的迷宫

一沉。别人的匆忙,衬托出了自己的寂寞。

娘家在莘庄的苍茫暮色里像电影一样浮现出来。过了外白渡桥,过了礼查饭店和上海大厦,再往下,外滩高耸的大厦立刻被窄街代替了。据说那片街区和外滩一样古老,都是英租界最老的街道。街道两边都是漆成红色的木头两层楼。后门一般都用来开店,前门开在弄堂里,弄堂口的门楣是圆拱形的,装饰着半圆的外国花纹,两边还有雕花柱头,只不过里面藏满了经年的老灰尘。

史家的后门开着,多冷的天都会开着,依稀还能看出当年爹爹开的杂货店的格局。八仙桌已经移到房间正中来了。八仙桌是老货,既宽大又扎实,红堂堂的。史美娟直到有了自己的房子,买了自家的吃饭桌,将双肘搁在桌横头,才意识到如今桌子的单薄和局促。她才想到当年爹爹敲着桌面说的话,这个世道就没有一样比得上老早。爹爹仗着自己破落小业主的身份,常喜欢在孩子们面前调侃当局的宣传,他总是头皮硬翘翘的,有种江湖气。爹妈在世时,史家的年夜饭是何等热闹呀,家中九个孩子,那一夜一定都到齐,各自还带来自己的家里人,孩子,要在八仙桌上放上圆台面,才挤得下。不过,就是孩子们再挤,爹爹还是照坐他那张太师椅,这是家里的规矩,小辈没有怨的。家里的男人们轮流陪爹爹喝酒,说些甜言蜜语。当时,大家都为了哄老人开心,现在回想起来,却深深觉得甜蜜。那时桌子旁边挤满了人,一个个看过去,姐妹们越长越像姆妈,弟兄们越长越像爹爹。而下一辈的小孩却恍如小时候的兄弟姐妹。团圆桌边,年年都这样

六、意大利冰激凌

上演人生回顾。遗传是个神秘的东西，因为它，兄弟姐妹不同的命运就显得格外的不合情合理。即使像史美娟这样用实用主义将心情控制得很好的人，也不免有些感慨。而父母没死前，史美娟是无论怎么也想不到，有一天他们都不在了，自己的生活会是什么光景。

今天史美娟又看到那张旧八仙桌了。她悄悄站在后门的窗外往里面望，那张旧桌子还放在原来的地方，只是脏得连原来的漆色都看不见了，这是姆妈在世时绝不可能发生的。桌面上放着吃过的剩菜，还有被揉得皱巴巴了的隔夜晚报。小弟的手还是那么贱，凡是纸头到了他手里，一定会被揉得软塌塌的。她心里将自家的客厅想了想，要是挤挤，也许能放下这张桌子。她想，要是小弟不肯给，她就说，桌子算是抵债物资。

老屋里静悄悄的，什么声音也没有。要是姆妈在，一定终日开着无线电，听沪语广播。有时她一个人回家，姆妈总会塞给她一点什么吃的，一块煮熟的冷芋艿，一块硬糖，有时是一把瓜子。史美娟知道姆妈也这样对待其他兄弟姐妹，姆妈最喜欢单独塞点什么给儿女，还急急将你的手团起来，好像很秘密似的。这是姆妈一贯的小门槛，史美娟知道，可她还是喜欢这种姆妈格外宝贝自己的感觉。矮小的姆妈总是站在幽暗的房间阴影里，仰着头，好像一条浮游在旧鱼缸里的白色金鱼。

史美娟不停地开导自己说，没有办法，没有办法。

她看到长治路上那栋红砖楼房时先愣了愣，在她记忆里，这

公家花园的迷宫

个路口没有这么漂亮的老楼房。然后，她发现它是被翻新过的。那栋楼从前黑黢黢的，砖头墙上到处都是空气里盐分腐蚀的小洞。史美娟想，到底是老房子，修起来就能这么好看。她想起爹爹当年的那些酒糊涂话来，原来，他是真见识过外滩的好日子的。她接着想，自家的红色木板房子，怎么也不可能还原成这样。这就是为什么这栋房子可以保护下来，而自家那条街上的房子会统统拆光的理由。史美娟心里是信服这个理由的。她知道自己是个明白事理的人，自己会想通的。小时候的弄堂已不复存在，这是自己好几年不愿意回来老房子的另一个理由。每次回来老房子，心里都不开心，心里都埋怨，老房子已渐渐变得不敢认了。

  小时候，每家都出一个大人参加弄堂里的大扫除，整条弄堂总是干干净净的，即使每家都用木头马桶，房子里也没什么腥臭气味。中午阳光最好的时候，弄堂里向南的那面墙，斜斜地靠了一排刷得干干净净的木头马桶，开着盖子，在阳光下消毒。马桶里盛着一小汪清水，在阳光下闪烁光芒。这是史美娟心中最稳妥的，关于家的记忆。即使简陋，仍旧整齐踏实，也不失做人的体面。小时候在弄堂里，头顶上永远飘拂着洗干净的床单和衣物，弄堂里的人很爱干净。出太阳的天气，每到黄昏，弄堂里响彻了用竹拍打松棉花胎的声音，住亭子间的人家终年都照不进太阳，所以他们总是晒被褥，拍松，从不浪费阳光。史美娟想到这些，就好像转身一步，就能回到小时候去。

  但现在，因为弄堂口造了公共厕所，整条弄堂都变得腥臭哄

六、意大利冰激凌

哄，要想不踩到弄堂口地上那些内容可疑的水，就走进去，已是痴心妄想。整条弄堂就像是垃圾桶一样，散发着各种古怪的气味，四川食铺的辣椒和香料以及终日沸腾的油锅散发出令人头昏的辛辣气味，鱼摊散发出来的腥臭气味，菜摊散发出来的腐烂的菜皮的气味，通风不畅的房间里散发出来的肮脏地板和被褥的油耗气味……总之，弄堂不再井然有序，不再克勤克俭地过好自己的日子，它现在肮脏，自私自利，一副败家子的腔调。这样风气早已败坏了的弄堂，又在上海市中心的黄金地段，当然应该拆掉。要是我是市长，我也会拆掉它造新房子。史美娟这样想。

只是，只是从此自己就再也没有老房子可回了。史美娟想。她几年不回家心里都安妥得很，是认为什么时候想回去怀怀旧，只要乘上地铁，再换一部车，就到了。即使不愿意进小弟家的门，可一切都天长日久地在那里，听凭自己的选择。这与小时候以为父母都不会死一样。

现在，站在长治路上，史美娟意识到，等老房子一拆，大楼一盖，这地方就跟她浑身不相干。她看到街对面的街区已经起了高楼，原先的红色木房子，夏夜满街的躺椅和方凳，满街纳凉的人和破开西瓜时清凉甘甜的气味，冬夜雾气里散发着黄色光晕的寒冷路灯，已经荡然无存。她从小到大，不知从这里经过了多少次。她记得夏天满街的躺椅，是因为她家门口也放着好几只躺椅，方凳上放过爹爹的茶杯和香烟，飞马牌的。她走在那条街上，就好像已经回到了家。她记得冬夜街上沉浮的潮湿雾气，是

公家花园的迷宫

因为她与丈夫谈恋爱时，正是一个冬天，那时没有咖啡馆，没有夜场电影，家里没有属于可避人耳目的角落，一场恋爱，就在这些冰凉的街道上走来走去谈成的。年久失修的小木头阳台摇摇欲坠，但在破痰盂罐和破搪瓷面盆里，种着一串红和太阳花，春天和秋天时，这些小小的花朵让人心中安慰。是的，现在那一切已经荡然无存。她和它，互相不认识。对街崭新的街景像一扇关着的门一样，将她关在外面。她知道等自家老房子拆光以后，自己家的那条马路也一定就是这种情形。

史美娟觉得，到了那时，自己就会像石头缝里蹦出来的一样，没了来历。在她小时候，这石头缝里蹦出来的，可是一句厉害的骂人话，连对方的父母都一并抹煞。她有点害怕地想，要是自己以后继续不与兄弟姐妹来往，岂不就是孤儿一样了？

失落再次淹没了史美娟的心。爹爹去世时，她有过这样的感受，但那时还有姆妈要照顾，所以她很快就缓过来了。出嫁时离开娘家，心里也空落落过，但只要回家，就能看到从前的一切，慢慢地，她又习惯了。姆妈去世时她难过得久些，她对丈夫说，你一定要对我好，现在我是孤儿了。话虽说得难听，但史美娟心里还明白，这是每个人都会经历的事，别人过得去，她也可以。甚至后来用不着再参加春节团聚逼迫小弟还钱，史美娟还是没什么难过的。她觉得自己不出现，就是给小弟无声的压力，让他知道自己的杨白劳身份。可是，此刻她穿过马路，老房子已经看不到了，上海大厦长长的阴影越过马路将她罩住，她走着，走着，觉得

六、意大利冰激凌

自己好像一片树叶，从树上落了下来。这次来真的了，这次是被连根拔起了。要说是孤儿，史美娟觉得自己就是那种被遗弃的孤儿，不光没有爷娘，也没有家，是孤零零的一片落叶。从前的娘家，只能活在心里。可史美娟不怎么相信这么不实在的东西。

但是，阳光仍旧这样明亮。

阳光给街道和建筑带来了活泼和抒情的气氛。史美娟看到阳光像蜂蜜一样涂满在古旧的礼查饭店西墙上，弄堂里所有的人都管这家饭店叫礼查饭店，没人叫它后来的名字：浦江饭店，大家都觉得这个名字太土。所以，她从小也叫它礼查饭店。她看到墙上有三个玻璃灯箱，上面画了一个穿黑色外套的外国人赶着一架马车，上面坐着一个外国女人，十九世纪装束。灯箱上标明这是1846年开张的老店。小时候听弄堂里的老人说礼查饭店是上海最早的外国饭店，她还将信将疑，怕那些旧社会过来的人吹牛皮。灯箱果然证明了这个传闻。史美娟想，啊呀，自己从小在这面西墙下走来走去，原来就走在上海最老的外国人饭店旁边。她黯然的心绪里闪烁出一丝得意，好像自己站在上海的中心地带。小时候，即使是中国那么封闭的1970年代，外国人在别的街道上要引起围观的情况下，也有外国人在她家放在人行道上的饭桌旁止步，看他们吃什么。小时候，她就有这种处于城市中心的优越感。

从小，小弟就是弄堂里最不安分的小孩。他最喜欢钻到这种老房子里去玩，直到大楼里的人发现他，将他赶出来，骂他小瘪

公家花园的迷宫

　　三。小弟曾告诉她，礼查饭店里的地板光滑得站都站不住，比家里的吃饭台子干净多了。史美娟回想起来，这关于地板的描绘，竟是她从此以后对地板的最高要求。她家的地板也是每天姆妈用水擦干净的，但从未有过光滑得站不住的体会。想起来，小弟一直是很机灵的小瘪三。他对外滩的大楼简直着迷极了，没事就跑去看大楼，什么样严厉的门禁，他都有本事躲过去。回来就在弄堂里吹牛，桂林大楼里的墙是金子镶的，海关大楼里的楼梯是玉石做的，春江大楼里有特务的电台，因为他亲耳听到里面的办公室传出来电影里发报的声音，这些都是小弟的英雄事迹。小时候，姆妈将小弟分给史美娟管，他出了错，她就要连坐，像从前日本人管中国人的方法。她是小弟的保人。不知多少次，家里开饭前，她都得去外滩找小弟回来。家里不肯给吃饭迟到的小孩留菜，要是不能在开饭前将小弟带回家，她也得陪着一起吃残羹剩菜，有时连剩菜都没有，只能用碗里剩下的菜汁淘饭。史美娟从小就痛恨小弟。不过，她也因为这样渐渐熟悉了外滩的那些大楼，因为小弟的故事，那些大楼在她的记忆里笼罩着神秘的气氛。

　　史美娟想，也许就是从小做惯了他的保人，等他要开店的时候，她会想也没想，就把自己的钱借给他了。她与他，真是前世的冤家。

　　过了外白渡桥，就到了外滩。外滩永远熙熙攘攘地挤满了游客。她看到在人群里兜售劣质纪念品的小贩，还看到挤在人群里东张西望的男人们，她知道他们是外地来的小偷，专偷外地人。

六、意大利冰激凌

外滩的这三种人是永远不变的,游客,小贩和小偷。只是在游人中兜售到此一游纪念照的流动摄影师有点变化。他们手里的照相机,从海鸥120,变成小小的银色数码相机。她发现摄影师、小贩和小偷都轻易地放过自己,心里笑了一下。算他们有眼色,看出她是上海人。她在人群里挤着走路,却很灵巧,从不会轻易撞到人,或者被人撞到,她一点也不紧张,八面玲珑的,谁也别想揩到她的油,这就是上海人啊。

外滩的人群里还与从前一样,散发着一种假日般兴致勃勃又随遇而安的气氛,像一盘炒香的葵花籽。大家都走得慢,呱啦呱啦说着各地带来的方言,闪光灯此起彼伏。她看到外滩的特产青年,那是些能说英文的青年,最喜欢跟单独来外滩的外国人搭讪。她知道他们其实没什么明确的目的,不像外面人想的那么居心叵测。就是生活得太无聊了,想找外国人说说话。他们年轻的脸上闪烁着情不自禁的羞怯和兴奋,陪伴在与他们说话的外国人身边。要是外国人不搭理他们,他们就后退一步,沉到另一股人流里,像一块落入水面的石头。史美娟走在这样的人群里,心情舒展开来,与从前一样。她一直是喜欢到外滩闲逛的,她喜欢这种闹市特有的混乱而自由的气氛,喜欢看到形形色色的人,她的心情开始放松下来。

走在高高的堤岸上,史美娟看着街对面的大楼。它们一点也没有变,她看到它们,就想起小时候语文课本里的一个词组:像山峦般连绵起伏。它们阴郁的灰色从未变化,即使那里上百扇钢

公家花园的迷宫

窗反射着阳光强烈的光线,也不能消解它神秘的阴郁。

小弟当年偷偷钻进钻出的大楼,现在倒是渐渐开放了。春江大楼和和平饭店南楼之间的一小条沟壑,其实是春江大楼的出入口。当年春江大楼没变成现在的外滩18号时,它的正门是关死的,只开放边门。她有一次就在那里等到了小弟。她对他大吼一声:"哪能没人将你捉得去啦!"

此刻,愤怒已经淡去,但却从史美娟的记忆里浮现起当时被迫在各家大楼门口探头探脑找小弟的时候,看到过的各色门厅。像山洞一般拱形的门厅嵌满了金灿灿的马赛克,好像阿拉伯神话里的山洞。铺满了洁白大理石的门厅。吊着晶莹闪烁的水晶吊灯的门厅,即使在大白天,也灯光雪亮的。布满了彩色玻璃斑斓光芒的门厅,好像一只万花筒。外滩大楼的门厅,就像她的万花筒。她从未想到,有一天它们可以真实可用。但这并不影响她喜欢它们。

小弟虽然顽皮,却也知道轻重。有解放军站岗的地方,他是绝对不进去的。现在,像蜡人一样一动不动站着的解放军不见了,那栋大楼变成了银行,只要有钱,谁都能进去。这栋大楼改造的时候,史美娟在晚报上看到,它曾经是外滩最大的银行,工人们还在大楼的墙里面挖出许多珍宝。还有一次,小弟为了讨好她,带她去看了江西路上的一个门厅,那里的墙上用闪闪发光的彩色马赛克嵌出漂亮的外国壁画。小弟断定那些金色的小方块都是真的金子打的。他许诺总有一天,他候到机会,就帮她偷一

六、意大利冰激凌

块,送给她当嫁妆。那时,她刚上中学,人还没发育。

想到这些,史美娟撇了撇嘴,暗自骂了句:"想得出。"但心里,却像一条落水的旧毛巾那样软了。眼前的那些大楼,一幢一幢都开放了,都是有钱人去消费的地方,可小弟没有钱,照样进不去。史美娟叹了一口气,她发现自己从来没搞懂过小弟这个人,搞不懂他折腾来折腾去,到底想干什么。但她心里明白,他没啥坏心。

海关大钟下面,远看小如缝隙的窗子中的一个,是她中学时代最要好的小姐妹小惠家的窗子。小惠全家只有一间屋,据说原先是海关单身职员的宿舍。好在宿舍里有个大储藏室。她家自然是很挤的,床底下,桌子底下,大衣柜底下,五斗柜底下,全都满满登登塞着东西。所以床单一直拖到地上,桌布也一直拖到地上,小惠叫它们遮羞布。小惠的床,是靠在窗下的一张沙发。

史美娟常常在放学后到顾小惠家里去玩,因为那时顾小惠家的人都还没下班,家里只有她们,可以说些秘密话。她们算是闺中密友,曾梳一式一样的麻花辫,穿一式一样的方领白衬衣,还有一式一样的白色尼龙袜。她们每天上学都叫好一起去,放学了等好一起回家。学农时睡在一张铺上。冬天去公共浴室洗澡,就合用一个小隔间。现在想起来,小惠算是史美娟这辈子最要好的朋友,以后,她再也没找到过这么心心相印的朋友了。她们俩一直要好到各自有了男朋友,才渐渐淡下来。此刻,史美娟想起当

公家花园的迷宫

年顾小惠父母大床的床帏,是白色的龙头细布,绣了十字绣,还是出口转内销的紧俏货。那时,自己对将来的理想,就是结婚以后,自己的床帏也是这种绣了十字绣的。

顾小惠什么都比史美娟早些,早来月经,早懂得白色毛线衣晾干的时候要先用纱布包一包,再晒太阳,这样白毛衣才不会发黄。早知道舞女,妓女和向导女的不同。史美娟最喜欢听顾小惠说话,因为她懂得的,她闻所未闻,可一旦小惠说出来,史美娟才发现这些也正是她好奇的。顾小惠对世界的看法,总能叫史美娟臣服。当然,顾小惠也更早解了风情,她一眼就能看出来哪个男生对她有意思。当时,男生和女生同学四年,连话都不说,但即使在这种情况下,顾小惠也懂得怎么能勾住男生的心,引得他们在她们身后吹口哨;学农吃馄饨的时候,在她们小组的脸盆里多放几只馄饨。不过,顾小惠从不疯疯癫癫,她只是脸上笑微微地垂下眼睛,飞一个眼色过去。史美娟最佩服顾小惠的这种功架。

中学时代,史美娟有个难听的绰号,叫烂番茄。因为她很晚才用胸罩,体育课时跑跑跳跳,胸前的动静总是很大。而且她太喜欢红色,冬天的棉袄罩衫是红色的,毛衣也是红色的,跳舞穿的被面子还是红色的。史美娟因为自卑,不得不守着本分。她整个中学时代只有过一次不成功的恋爱,只和她的男朋友去过一次外滩公园,当时就叫那男孩给甩了。可史美娟很知足。她思忖着,要不是和顾小惠在一起,琢磨多了男女之事,也许连那次恋爱都没有。

六、意大利冰激凌

史美娟回忆起这段像烟火这么短促,这么惊心动魄的故事,抚今追昔,她真是满意自己后来的好运气。丈夫知疼知热,职业长相都拿得出手去,是正经过日子的人。

顾小惠炯炯有神的大眼睛就在眼前,她热辣辣地看着自己,一遍遍地问后台的经过,像唯恐孩子嫁不出去的小妈妈。她像梳子一样,将史美娟的整个艳遇都梳理清楚了。她对那个男孩是淮海路上的很满意,对史美娟当机立断定了公园见面也很满意。她评论说,这样双方才算势均力敌。他有淮海路,她有外滩公园,大家都是市中心的。她们冗长的讨论不断被海关大钟的报时曲打断,《东方红》烂熟的曲调穿插在顾小惠对那个来自上只角的男孩的各种推测里,钟声很响亮,但并不刺耳,不时能听到鸽子扑闪翅膀的声音夹杂在钟声里,那是些被钟声惊起的鸽子。史美娟知道顾小惠恨不得能代替自己去公园,这点女友之间的暗自明察让她有点美滋滋的,咸鱼终于翻身。所以,当那男孩莫名其妙一走了之,史美娟气急败坏来找顾小惠,顾小惠一口咬定那男孩是个宝宝仔,不值得当他男人看,史美娟听到自家心中"啪"一声,好像她与顾小惠之间松动的榫头又合拢了,她与顾小惠各归其位。她心里踏实了。

穿过顾小惠家又长又暗的走廊,那天她们俩去了楼顶。那天的阳光好得很,楼顶上晒满了各家的被褥和衣物。外滩的许多大楼都有这样巨大而平坦的楼顶,楼顶上铺着被生生晒成灰白的柏油毡,地上留着一点点白色的痕迹,是风干了的鸽子粪。楼顶好

公家花园的迷宫

像荒凉的山顶一般,在那里俯视外滩,行人如蚂蚁一样蠕动着,拖着长辫子的20路和21路电车则像蜈蚣。堤岸上游人如织,白色的轮船在江面上缓缓而过,白色水鸟如撒下的纸片一样在水面上盘旋。她们靠在钟楼的灰沙墙上,当大钟响起,靠在墙上能感受到钟声的震动。这从建筑里传来的轻微振动,让她们想起工业基础知识课上老师关于声波的讲课。她们虽不是什么好学生,但老师讲的课还能记得住,并在自己的生活中偶尔想起。

她们看到不远处的外滩公园,看到白色的凉亭顶像顶铜盆帽那样扣在草地上,看到树丛里圆池塘里潋滟的水波,还有门口那棵古老银杏树的巨大浓荫。那是多么好看的小公园啊,多适合搂搂抱抱的呀,她们心中由衷地赞叹,怎么也不明白,为什么那个淮海路的男孩就这么笨。那天靠在墙上,她们的话题像车轱辘一样转着转着,又回到淮海路上的宝宝仔身上。他到底是第一个出现在她们俩面前的准男朋友,比只跟在她们屁股后面吹口哨的男生靠谱多了。她们俩在楼顶上俯视外滩,像伏击的游击队一样,却怎么也看不见敌人。

她们终于做成了好朋友。史美娟现在想,要是当时和那个男孩真有了什么,她和顾小惠当时就会散了的。她知道大多数女人都重色轻友,有了男朋友,就像老母鸡抱窝一样,容不得自己的女伴再占主导地位了。史美娟也觉得奇怪,其实自家男人和自己小时候的女伴,互相并不冲突,怎么就不能两全其美了呢。

顾小惠和史美娟都利利落落地嫁了人,搬出了外滩。她们开

六、意大利冰激凌

始还有些联系,有时约好了一起回娘家,还可以见面。后来,顾小惠父母搬了家,史美娟也买了房子,从夫家搬了出来,渐渐就失去了联系。史美娟一直以为,顾小惠要找她的话,可以去她家老房子问小弟。她们不会失去联系的。现在,她不敢这么肯定了。要是她现在上楼去找顾小惠,新房客连顾小惠是谁都不知道了,要是顾小惠以后去找自己,连那条老街都找不到了的。这是非常奇怪的感觉,好像丢了东西似的,可心里却觉得那东西还在原处,只要去找,一定能找到。海关钟声从她自小熟悉的那个楼顶向她俯冲下来。1997年前,海关的钟声曾经恢复了从前的英国报时曲,但1997年后,又变成1966年开始的《东方红》。她心中握着这熟悉的曲调,就像握着顾小惠十六岁时的手,她和顾小惠都帮忙做家务,所以她们的手指上都会长肉刺。她希望自己能辗转找到顾小惠,告诉她自己家的电话。她相信顾小惠一定和自己一样,现在就是炒个菜,也戴上黄色的家用手套。史美娟仰望钟声响起的地方,她控制不住自己错误的感觉,感觉自己要是再次走上那个楼顶,也许还能回到少年时代。

史美娟庆幸地感叹,海关大楼是永远不会被拆掉的,外滩是永远不会被拆掉的。顺着海关大楼向前望去,她看到白色的东风饭店大楼,她的婚宴当时就设在东风饭店里。那时爹爹已经吃不下什么东西了,连坐两个小时都嫌累。可他还是坚持要在外滩的东风饭店嫁女儿。他将弄堂里的老邻居也请去了,连叔叔一家也请到了,三年自然灾害时,为爹爹没按时还借叔叔家的粮票,叔

公家花园的迷宫

叔与爹爹竟然一举断绝来往。婚宴整整摆了六桌，全鸡全鸭全鱼。当时史美娟很肉痛酒席的钱，恨爹爹狠心敲这种国际竹杠。但现在想起来，她却庆幸自己可以永远说，自己是在外滩大楼里摆的婚宴。要是现在，她想都不敢想可以到外滩三号的餐馆里摆婚宴。她回忆着自己走在大理石楼梯上的感觉，奇美牌的白色高跟鞋一走路，就吱呀吱呀响个不停，爱丽丝牌眼线笔给眼皮带来奇怪的沉重感，好像自己的眼睛睁不开似的。爹爹蜡黄的脸上堆满了自豪的笑，顾小惠是自己的伴娘，不时用手指"啪"地弹一下自己的后背，提醒她挺起身子，不可露出疲态。史美娟知道这栋房子里已经没有什么东风饭店了，但只要它在，它就仍旧保留着她此生最重要的回忆，和海关大楼一样。

它们也是她的老房子。

史美娟累了，可她不想回家。外滩堤岸上的椅子上坐满了外地人，她不愿和他们滚在一淘。她从来就不愿意和外滩游客坐在一起。

这时，她看到堤岸上有一间冰激凌店，通体用玻璃围起来，狭长的，像根盐水棒冰。它应该是新店，从前堤岸上没有这么好看的冷饮店。靠堤岸的小桌子上铺着整洁挺括的白桌布，店名是一行外国字。那家时髦的小店，看上去就像是外国画报里的一样。史美娟想起和丈夫谈朋友的时候，公园里只有一间简陋的小卖部，他买正广和的橘子汽水给她喝，他们只能站着喝。

六、意大利冰激凌

史美娟决定慰劳自己一次，到冰激凌店里去歇脚。

她走进店里，买了一杯冰激凌。二十五块钱，可以选三种，她选了芒果的，巧克力的和曲奇的。她知道这真的太贵了，但却没感到心疼。世上的事总是一分钱一分货的，史美娟想着东风饭店里的宴席。也许等女儿结婚时，她应该像当年爹爹敲丈夫竹杠一样，敲女婿一下，真在外滩三号弄一个婚宴。她如今已彻底了解了它的好处。史美娟开始有些想入非非起来。她想起当时爹爹提出东风饭店时，姆妈惊吓的模样。姆妈张着嘴，看看爹爹，又看看丈夫，好像听到抢劫似的。但姆妈的脸色忍不住活泼起来，像个等礼物拆包的小孩。史美娟如今算是真正体会到姆妈听天方夜谭般的心情。对史美娟来说，能独自吃一客二十五元钱的冰激凌，与女儿在外滩三号办酒席，是一样的。

她在靠堤岸的小桌上坐了下来。用小勺挖了一口冰激凌吃，果然是好冰激凌，一点冰渣都没有。甜美的味道像一个微笑一样在口中荡漾开来。她对自己松了一口气，她知道自己会好的，果然。

她看到路过的游人都隔着玻璃，多看她一眼，就像从前外地人在外滩看到本地小姑娘，也总是多看她们一眼一样。那种眼光是对她的肯定。史美娟离开外滩以后，已经多年没有领受过让她自豪的外地人眼光了，莘庄是上海人和新上海人杂居的新区，过着郊区朴实的日子，听人说，就像美国的郊区生活。史美娟此刻发现，自己心里竟然一直是怀念外滩的闹世生活的，在这里，感受到自己处在市中心，心里最受用。

公家花园的迷宫

　　这时,她开始想念起顾小惠来。要是找到了顾小惠,她就带她来这里吃冰激凌。老房子没有了,这里可以成她们俩的新据点。她知道顾小惠也一定会喜欢这里的。听说顾小惠父母家也搬到了莘庄,不过,即使顾小惠也住在莘庄,史美娟还是想来这间冰激凌店碰头。

　　透过窗子她看到,有一家人在外面的堤岸上照相,取的是东方明珠的背景。从前在外滩照相,都是在公园里,可以取到上海大厦的背景。要是去水泥平台上,就可以取到外滩大楼的景。要是站在凉亭那里,也可以取到公园的景。史美娟家最后一张全家福也是在这附近的堤岸上,取的是东方明珠的景。那是史家最后一个团圆年,爹爹还在。爹爹自是站在当中的,照片出来,东方明珠正好从他肩膀那里突出去,好像他背了一杆枪似的。再早的一张全家福,还是哥哥姐姐去黑龙江兵团前照的,在公园的假山前。哥哥姐姐都提前穿上了兵团发的解放军制服,他们一副前程远大的样子,爹爹则借了哥哥发的海芙蓉毛领子的军大衣穿,小弟和大弟借了哥哥的军帽戴,一家人都有点鸡犬升天的快乐。那时,没人知道黑龙江兵团的苦。

　　史美娟直看到那家人拍完全家福,拍完老人和小孩的各种组合照,向前走了,才转过头来,问店堂里的年轻小姐:"小姐,这冰激凌是哪一国的?"

　　小姐穿着一身黑衣服,露出白皙的脖子,头上还俏皮地戴着黑色的水手帽。如今真是世道好了,一个冰激凌小姐也有这么好

六、意大利冰激凌

看的工作服。史美娟想,要是她和顾小惠年轻的时候,堤岸上有这家店,她们会很向往来这里工作的。她们也曾如她一样年轻,一样苗条,只是运气没她这么好。

"意大利的。"小姐朗声回答。

Kirghiz avec un aigle royal

PIECE.07
一张椅子

公家花园的迷宫

　　这是2002年秋天，一年中最爽朗温暖的日子，甚至在外滩，都能看见一碧如洗的高远蓝天。一辆辆满载游客的外地牌照大客车"呼哧呼哧"地响着，一辆接一辆，挤满黄浦公园大门前的弯道。自从1992年公园改建后，原先门口前的圆形空地已不复存在，那还是十九世纪末为马车下客留出的车道。二十世纪设在大门口的22路公交车终点站也已搬迁。但这些改变并没给公园带来多少静穆的体面，它的门口仍旧乱哄哄的。1992年，公园停止自1928年以来的收费入园制度后，这里就成了外滩游客的主要集散地，和游览车的主要停车场。原先公园的草坪缩小到近乎于无，而公园一侧毫不起眼的厕所，则扩张成一栋贴着淡黄色长条瓷砖的楼房，那里的地上终日湿漉漉的，落满如厕人手上来不及擦干的水珠。穿高跟鞋的女士们怕滑跤，都直着双腿，微微张开双臂走路，活像一群科教片里出现在冰川上摇摇晃晃的企鹅。市民们对在外滩饰有长条瓷砖的新建筑一概不认同，讥讽它们统统像公园新厕所的延伸。他们觉得自己心目中对外滩的感情被这些厕所风格的新建筑侮辱了。

　　2002年，上了些年纪的上海人都会说，要是你小时候来过这公园，现在一定认不得了。那散发城市小布尔乔亚气息的小公园早已灰飞烟灭。不过，小雯子太年轻。她第一次看到这公园，已是1993年的夏天。公园里新建的纪念馆还是簇新的，即使外面再热，纪念馆里也很潮湿阴凉，空气中有一股江水的土腥气，还有叔叔散发出的劣质纸烟辛辣的臭气。叔叔那时就在公园工作，

七、一张椅子

开始是纪念馆的守门人，后来又调整他去守大门。因为叔叔的关系，小雯子经常到公园来。它黄昏时无人的凉亭，堤岸上带着咸味的长风，都占据了她上海记忆的重要位置。她从未在这里体会过什么布尔乔亚的气息。有时看到与她母亲一般年龄的上海妇女开着个小录音机跳舞，她握着书，心中只是为母亲羡慕她们。母亲已完全是老寡妇打扮，可她们却还在灌木丛前扭动着不太灵活了的腰肢跳伦巴。她们穿着绸子的灯笼裤，白色胶底鞋，虽然是廉价理发店里烫的头发，可那些卷发总是使她们稀疏的头发看起来茂盛得多。她们身上还有中年妇女的风韵。有时遇见闲得无聊的老人，会凑过来指点小雯子一筹莫展的英文，老脸上带着阅历深厚的自豪神情。小雯子作为知青子女，独自回到上海。可她在叔叔家住得憋屈，他们如晾着门口的叫花子一样晾着她，躲一个乡下人一样躲着她。几乎住不下去的时候，她对着堤岸流过泪，还不敢，也不愿意让他们看见。大考前激励自己，为了不再住在叔叔家，一定要考上寄宿的中专。这些誓言是面对着一棵古树背书时发下的。这就是小雯子的公园。

这次故地重游，坐在在公园门口排队等待进入停车场的旅行大巴士里，小雯子又惊又怕地望着门卫的脸，他让她想起了多年不见的叔叔。对一个曾在上海寄人篱下的知青回沪子女来说，这是张她永不想再见的脸。她不知道为什么黄浦公园的门卫会这么像叔叔。

他黄瘦的脸上带着厌烦，乏力以及不屑混合在一起的满腹牢

公家花园的迷宫

骚的表情,那是上海吸烟过量又牢骚满腹的小市民的传统表情。这样的男人常常能在石库门弄堂口的烟纸店里看到,或者在上下班时间人头济济的公交车站上看到。他们身上散发着香烟的焦油气味,也散发着在社会中奋力捍卫自己的升斗小民的精刮厉害。小雯子知道,当他薄薄的眼皮向上翻去时,带起下眼睑的皮肤,他的脸就会变得尖酸刻薄,好像说,你休想骗我,我可不会上当。

小雯子在少年时代就熟悉这种神情。

他正在制止第一辆车上的司机:"这里不可以下客,往里面开,到停车场停好,再下客。"他大声说。他说话的声音也是标准老枪的声音,有种被烟草熏出来的沙哑。

"师傅,"拿着一杆三角小红旗的导游小姐打开窗子,殷勤地对他笑,"师傅帮帮忙。我们路上就晚了,时间不够了。"

"先生,"他的脸色一定不好看,所以她笑着改了口,"谢谢你,先生,谢谢你,先生,就通融一下吧。只要五分钟,五分钟就下光了,不会碍你事的。"

"进去停好,再下客。"他鄙薄地伸出被纸烟熏黄的手指摇了摇,打断女导游的求情,接着往公园里一指,"到底右转。中途不得放客下车。"他似乎和叔叔一样瘦,肩膀和胸非但不平,反而凹进身体里去,浅灰色的制服穿在身上,倒像是挂在衣架上,飘飘摇摇的。似乎老枪们都一样的干瘦,有种大烟鬼的样子。

客车的门"吱"地一声放了气,开了。

里面的乘客纷纷站起来,大巴像舢板似的摇动着。

七、一张椅子

"讲了不能，就是不能。"他断然将自己的身体堵在车门口，硬是不让他们在门口下车。他含着胸，叉着腰，皮带扣顶得衣服的前襟微微突起，摇摇欲坠又不可阻挡，他身体的侧面薄得像一块硬纸板。看上去，他倒像无理取闹，原来苍白的脸因为又热又恼，红成了一坨，而且微微肿了。

导游小姐脸色一沉，她将车上的蓝色窗帘"哗"地一把拉上。她的车发动起来，就敞着门，愤怒地摇晃着，往里面的停车场开去。她一定因为他的不能通融，丢下了什么骂人的话，只听得他在隆隆的马达声里大声回嘴道："你个巴子，想停就停，当这里是你家后花园啊。"

坐在小雯子旁边的语文老师薛梅以为他爆粗口，忿忿不平起来。小雯子解释说，"巴子"不是粗口，是上海人骂人乡巴佬的意思。上海人不怎么骂娘，倒是骂乡下人更顺口。叔叔也是，婶婶也是，一个不高兴，就骂"巴子"。当然，他们自己是见多识广的城里人，他们得决定乡下人在城里能干什么，不能干什么。当然，他们乡下人最好就待在乡下，永远不要让他们看见。当年小雯子在叔叔家生活，抢公用水龙头不在行，用大碗盛饭，过马路时不机灵，上街也说不好上海话，林林总总，全都是"巴子"。要是仅仅想嘲笑你，他们就说"巴"，你怎么这么巴？语气温和些，带着些调教的意思，当然还是居高临下的。

他含着胸，用皮带扣顶着制服的前襟，迎向第二辆旅游大巴士，准备再战。而它却绕过他，拖着一条劣质柴油冒出的乌黑的细烟，径直朝里面开去。想必它手续齐备，又不存求他开恩的希望，便理直气壮地撇下他。

乌黑的尾气遮没了他的脸，呛得他直咳。

接下来，就轮到小雯子他们的车了。

小雯子默默看着那个门卫，高阔的颧骨使他的鼻子看上去有点往上翘，但这并没使他的脸活泼起来，反而给他狭长单薄的脸带来了一些上气不接下气的感觉。栩栩如生，仿佛在新来的门卫身上，再现了叔叔本人的脸。她突然发现，那神情也许并不是自己小时候理解的刻薄，而是种羞愧。

小雯子车上的导游是个大鼻子大眼，快活的苏南小姐，她看着门卫仰起的厌烦的脸，用手掌捂了捂嘴，惊呼道：哎呦妈妈耶。

整个车上的游客都认定导游和这样认死理的男人是怎么也商量不通的。

导游小姐果然说的完全不是编好的那一番话。她说："师傅，我们没有停车证的，我们也不敢与你商量个方便，我们可没这种非分之想。我就是想来问你一声，我们可以停到哪里去，离外滩近一点，就上上大吉，烧到高香了。"

满车的人看导游小姐老实成这样，都不禁露出微笑来。

下面那个男人瞥了她一眼，似笑非笑地问："你在单行线上七兜八转到这里，就只为了问个路啊？"

"我们本来也想商量一下停停车的，可还是不敢坏你的规矩呀。"导游小姐老老实实说。小雯子这才觉察出，这个小姑娘的

七、一张椅子

坦率和服软，也是一功。当时妈妈再三劝小雯子服软，可小雯子就是受不了这种寡情，宁可回安徽，也不愿服软。实际上小雯子明白，只要政策管不着的地方，她再服软，哪怕趴到灰堆里，也不能让叔叔哪怕多眨一下眼睛。那时叔叔家的石库门房子已在拆迁，叔叔对付动迁组政策的那些心计和谋略，让她明白他的厉害。叔叔就是那种抓到道理就穷追猛打的人，跟他斗心眼，外地人还真不是对手。

"算你聪明。"男人朝右挥挥手，"到圆明园路停车场去。"

司机说，这一圈兜下来，绕单行道，吃红灯，起码得二十分钟。满车乘客都对那门卫骂骂咧咧的，只有小雯子暗自笑了笑，她早知道会是这种结果，她十六岁时就见识过叔叔看门时的态度了。她就是不明白，为什么公园的门卫好像一个娘生的一样，长了一模一样的身体，和一式一样的臭脾气。叔叔为了省电灯费，在他上中班的时候，就让小雯子放学后，直接到门房间来做功课。隔着窗子，她不知目睹了多少次叔叔制止爬进浦江潮雕塑前的小花园里照相的游客，多少次制止图方便想在门口下客的外地旅游车，多少次不让穿睡衣的中年男女进公园。远远看着他，有时他气急败坏，有时他冷嘲热讽，有时他精疲力竭，不管怎样，"螳臂挡车"这句成语总能及时浮上小雯子心头。

叔叔那时总对小雯子摇头，说很难听的话。比如：我真是不明白你，上海有什么好，打破头也要挤进来。小雯子知道，因为自己的父亲先去插队落户了，叔叔才能留在上海。叔叔不知道感恩，是不仁义的。他一辈子都没离开过上海，顶替爷爷到公园上班，当然不知道上海有什么好。小雯子心里回嘴说，你那日子，实在真没什么好。看个大门吧，还活得那么不喜乐。当个百姓吧，还把自己当成了落难公子。小雯子觉得自己从前不是个刻薄的人，安徽人都不刻薄，在上海才学坏的。她不敢顶撞叔叔，所以才在肚子里练伶牙俐齿。可这不光是为了气叔叔，也是小雯子的心里话。所以，她师范毕业了，在合肥找工作，将母亲从农村接出来，就此再也没回过叔叔和爷爷的家。她父亲少年时代的日记和遗物都还在那里，她都不愿意回去拿出来。

　　她还年轻，不愿意背历史的包袱，也与上海人的骄傲没什么关联，只想心安理得地生活下去。她觉得自己像母亲，是简单明了的人。没有父亲家的人那种疙瘩。

　　小雯子他们的大巴在公园门前的空地上气咻咻地掉头，使得本来已争先恐后挤向前的车道更加混乱。本来就是来碰碰运气的，可一旦真被拒绝了，离开的时候，还真有点灰溜溜的下不来台。司机心中不痛快，对导游说，这种死倔的男人，也就是在上海还能活。要是在合肥，老早被人扁死。

　　"他就是让人不知如何是好啊。"导游说，"你没看前头车上的那女孩，手里握着包香烟，锡纸都撕开了，可硬是送不上去呀。他就拿规定当饭吃吧。"

　　"欠揍吧。"司机说。

　　小雯子心里说，你还没见识他们对付规定的劲头呢。

七、一张椅子

"我最恨上海人!"走在小雯子身后的刘老师一路走,一路恨道。她穿着短衫短裤和球鞋,脸涨得通红,用手紧按着挂在脖子上的日产照相机,不让它摇晃,却更像在压着她身体里奔突的恼怒,"她那鬼样子,眼睛从下看到上,刮鱼鳞一样,好像我们没穿得珠光宝气的,就没有资格进他们店子,他们这也叫做生意的?不过是个领位的小姐,狗仗人势。她以为现在还是华人与狗不得入内呢,发她的春秋大梦!"

"这种人,就是欠揍。将她拖出去,暴打一顿,就知道怎么看人了。"旁边的人为她解气。

但是,刘老师还是气得什么也看不进去,两个眼睛扫来扫去,怎么也定不住神。刘老师家的先生是教授,去哈佛燕京当了一年访问学者,将全家都带去美国住了一年。刘老师刚回学校上班,还在学校里作了一次关于哈佛见闻的报告。她和小雯子一样,也是历史教师,正想回来结合美国学校教授历史的方法,把同学们拉到上海来上近代史。在课上也想用上多媒体。"来旅游的,到底要穿得怎样?"她将一双手从上到下在自己身上飞快地一刮,他们家在美国各地旅行,不论在纽约,还是华盛顿,都这么穿戴,真是做梦也没想到会在上海引发身份问题,"旅游穿金戴银,才是老土,她懂吧!那样子拿出来,好像我们弄脏了他们的地板一样。我们是来吃饭的,又不是来买气受的。给我们服务,怎么就辱没她了?"

"有什么好像,她根本就是这么想的。"楚老师在后面冷冷

公家花园的迷宫

插了一句。

"老楚,还是你说得好。你丢下一句狠话来,把那小姐一下子就打瘪了。"正一左一右挽着刘老师的两个女老师一起回过头去对那男人说。

"有理不在声高嘛。"薛梅评点了老楚的态度。她是他的徒弟,是个活泼的女老师,背了蓝色的双肩背包,看上去还像是女学生。

"她那种脸色,不就是鲁迅先生说的西崽相,连鲁迅先生当年也被他们欺负,他去和平饭店看萧伯纳,竟然门童让他走后门,因为他穿了长衫,是中国人。老实说,欺负人的倒不一定是外国人,自己也是中国人,也是穷人,才更喜欢欺负人。这才是标准的狗仗人势。"老楚是语文教研组的组长,也是这次语文和历史教师上海采风团的团长。他们语文教研组也想拍些照片回去,上茅盾作品时用些多媒体手段。老楚的大学是在上海读的,与上海人打交道已很有经验,"按说刘老师你应该为她照张相,我们回去也好放到多媒体教学里,上鲁迅杂文时好用呢。总比演员演的真实。"

大家都笑了。

小雯子回忆起领位小姐那像刮鱼鳞的小刀一样的眼光,那种赤裸裸的,肆无忌惮的刻薄、挑剔和鄙夷。她拔得极细的眉毛浮在江南女子的圆脸上,她的眉眼浅浅的,加了粉黛。即使她真是心比天高的良家女孩子,一旦在脸上施了粉黛,也会勾出一股风

七、一张椅子

尘气。是的,外地人被逼急了,只能武斗。小雯子能理解。不过,那个小姐多数不是上海人。老楚说的对,有时在上海的外地人更欺负外地人,就为了找到当上海人的感觉。

大家都因为小雯子的话愣了愣。她从上海回的安徽,当然最有发言权。

刘老师想了想说:"上海人坏,在这样坏的地方生活,就是好人,也变坏了。"

"后来来了两个老美,你看到吧,她的脸马上就有笑了。"刘老师双手紧紧抓着佳能照相机的带子,她从没被人这样不分青红皂白地轻慢过,所以不得不用这样不自然的姿势掩饰受伤的感觉,"那两个美国人,我一看就知道是中部的那种红脖子农场主。在纽约只有被人嘲笑的份,既自大又保守。"她说,"送给我,我都不要的。"

"你知道,钱和洋人就是上海人的大爷嘛。"

隔着熙熙攘攘的人群,能看到黄浦公园的大门了。看到公园门口的那棵银杏树了,那是棵一百五十年的老树。

老楚点着那棵树对刘老师说:"你刚刚提到的华人与狗不能入内的牌子,解放前就插在那棵树下面。"现在那里什么也没有了。

现在公园的大门敞开着,川流着人和车,只看见那个穿浅灰制服的门房还站在原处检查车辆,那么,他正站在当年站缠着头巾的锡克巡捕的地方。

"你有我们发的停车许可证哦?你没有。你没有,就不能停进去。我说的是普通话,你听不懂啊?听不懂就找翻译来说。"他昂着头,对车上的人说。

"我们进去看过了,里面还有位置,我们又不是不付钱,你就行个方便吧。"导游小姐赔着笑脸,手里也握着一包已殷勤地撕开了锡纸的香烟。那一定又被他拒绝了,她一时脸上下不来,只得先握在手里。

"里面就是有位置,也是那些办过停车证的车子的位置,不是随便可以停的。这里规定只能停有停车证的外地车辆,我已经告诉过你了。你有这种力气纠缠,老早在别的地方找到停车位了。"他说。

"就这一次,下不为例,行了吧。老实说,外滩的交通规则太复杂了,我们开车的师傅是新的,刚刚已经转了半天才进来的。这次就给行个方便吧,求求你了。"她央求说。

"有停车许可证,不用求。拿来。"他摊开手。

"我们不是没有,才求你行个方便嘛。要是我们有,你也犯不着难为我们,也难为不了我们,对吧。大家都出门在外。"导游小姐的脸渐渐委屈地涨红了。

"你真吃饱人参了。"他横了她一眼说。

"大概,现在他们心里恨不得再写块外地人和狗不得入内的牌子,给外滩挂上。"老楚说,"只可惜现在是共产党的天下,他们心里再想,也不敢做。"

小雯子他们绕过纠缠成一团的人和车,以及争执不休的声

七、一张椅子

音,走进公园。

小雯子现在明白了,为什么叔叔每天都要泡一大瓶浓茶提神降火,到下班时,将果珍罐子里泡得发白的茶叶往灌木丛里一泼,像别人家在路上倒药渣一样。为什么他一回家就往安徽运过来的孝敬爷爷的竹榻上一躺,什么也不做。小雯子一直以为叔叔的脾气坏,人缘坏,才生活得那么坏。现在,小雯子发现公园门口的门卫都是一样的辛苦和坏脾气。爷爷退休,将自己的位置让给叔叔,然后父亲就死了。那时爷爷告诉小雯子,在公园工作最吃力不讨好,管别人,是自己的职责,可要是管别人,就得被人骂。那碗饭真是不好吃,小雯子只怀疑他为了自己更安心些。

小雯子从来不喜欢父亲的家,不喜欢他家里的人,他们那么寡情和自私,让小雯子不能相信世上有这样的亲人。爷爷就怕小雯子怪他,叔叔就怕小雯子落下了户口,将来还要分掉他的几平米房子。而小雯子一直觉得,要是自己没回上海,这一生就还真没有什么心理创伤。

过了多年再见公园,小雯子只觉得这地方又小又旧,人与车,只管川流不息,简直不能叫公园。她突然想起刚刚在门卫脸上捕捉到的那个表情,与叔叔非常相似的烦闷与鄙夷里一晃而过的一种羞愧,或者说恼羞成怒。他们是为自己在这个地方维持秩序而羞愧与恼怒的吧。小雯子想。她从来就觉得叔叔的生活是毫无希望的生活,这不光出于自己寄人篱下的报复,也是发自内心的否定。小雯子带着逃出生天的侥幸想,要是让她继承叔叔的工作，她宁可自杀。小时候对这里的好感，一时荡然无存。

"这么小一个破地方，还不让这个进来，不让那个进来，真垃圾啊。"他们中有人说。

"上海人觉得自己了不起呀，原来都是跟外国人学的坏。他以为学了这些势利眼，自己也就成了外国人呢。"又有人说，"这就是通商口岸城市的坏毛病，让人对它喜欢不起来呀。"

薛梅咯咯地笑起来："我倒想到张爱玲从前写的话。她在马路上看到坏警察欺负人，就想，自己最好是市长太太，可以摆官太太的架子，上前去给那坏警察一记耳光。知道我想什么？我想，我现在最好是国家主席太太，枕头风一吹，把上海人全都迁到阿富汗去，一个也不剩，反正他们喜欢外国人。我们的人全都住到上海来，彻底改朝换代。"

大家都笑了起来，刘老师也笑了，笑着啐了一口："我才不稀罕。"

"这个人才是真的不稀罕。"老楚把小雯子拉到谈话中，他知道小雯子没父亲，常常像长辈一样关心她。老师们都知道她的事迹，这是小雯子个人历史中最伟大的亮点。

"我是没本事当上海人。"小雯子摆摆手说。

同事里没人知道父亲的事。即使是老楚，也只知道小雯子的父亲早早的死了。

父亲是小雯子心里一口又黑又深的井，她绕着走。

爷爷和叔叔都说，父亲是因为被断了回上海的念头，才跳井

七、一张椅子

自杀的。要是父亲和母亲离婚，就能作为知青回上海。可父亲心软，干不下这样的事，也舍不下母亲和小雯子。可大围子的乡亲们都说，是因为大雪盖住了井沿，父亲没留意，不小心跌进去的。父母是那么恩爱的夫妻，父亲连帮母亲洗衣做饭都肯干，怎么也不可能为了回个上海，就造出这样的孽来。

小雯子猜想，母亲心里未必同意乡亲们的想法。所以，她才拼了命，也要让小雯子代替父亲回上海住。小雯子回上海时，母亲将父亲坟上的土挖出来，密密实实地装了一坛，给她带回上海，算是让父亲回了家。

父亲宁可死，也不愿意在安徽生活。小雯子一直在心里悄悄埋着这个悲伤的念头。这是为什么呢。因为不知道，她也无法代替父亲在上海活下去。她心里一点也没有与父亲沟通的渠道。她也从未从被弃的悲伤里摆脱出来。这是她在上海生活时深深体会到的白己。糟糕的是，她因为没有答案，而无法解脱，即使离开了上海，也无济于事。反而多了些犹犹豫豫的负疚感。

就像真的意外而亡那样，父亲什么遗言也没留，一点暗示也没有。小雯子在上海时，总是想父亲是假扮失足的样子自杀的。自己实在不想在叔叔家住下去的时候，不是也想象过出门突然被车子撞飞的故事吗？那时，她更为母亲不平，上海这地方，凭什么要夺去她两个亲人？这算是惩罚她一个乡下人高攀了城里人吗？

小雯子以为她这次来，只要不去叔叔家，就行。她没想到，避开了叔叔，却避不开父亲。一看到公园尽头的那个三杆枪的纪念塔，父亲悠然浮上小雯子心头。她对父亲没什么记忆，这个纪念塔总让她莫名其妙地想起父亲来，纪念塔下的石头浮雕上的人脸，每一张都像父亲模糊留在记忆里的脸。又莫名地，永远地在一团只有上海才有的咸腥空气里，显现在石头之上，既触手可及，又无限阻隔。对她来说，与其说这是叔叔的城市，不如说这是父亲的城市。

她记得叔叔很讨厌这个新建的纪念碑和浮雕，他叫它"三枪"。这是上海的一个棉毛衫的牌子。她上中学的那些年，电视里天天都放它的棉毛衫裤广告。在广告中，最后三枪的商标金光闪闪地定格在一团红光之中，因为太煞有介事，不免显得滑稽。叔叔说现在的人造不出什么体面的东西来，好不容易造个纪念碑，还造得像棉毛衫裤的商标。爷爷也不喜欢这个纪念碑，说它太大了，和公园不般配。谁也不知道小雯子的想法，不知道小雯子拿着本书在那里偷偷掉过泪，偷偷脱下鞋抽打过其中一张石脸。

老楚将眼镜上的活动墨镜翻上去，用原来的近视眼镜看纪念馆陈列的图片和下面的说明。他经过陈列柜，它们制作得是有些简陋，照片复制件为主。它们也许受过潮，看上去软沓沓地陈列在玻璃橱窗里面。日光灯管受了潮，能听到灯管的启动器吧嗒吧嗒响着，白色灯管里白光急不可待地涌动，但就是不能痛快亮起来。

上海这个近百年勃兴起来的国际大都市，她走上繁荣的第一

七、一张椅子

步是从外滩开始的。明清时期,上海已有东南名邑的美称,但还只是一个初具规模的沿海城镇。鸦片战争以后,上海被迫对外开放,西方资本主义列强乘机强辟租界,侵犯中国主权。

早期的洋行几乎无一不与罪恶的鸦片交易有关,他们输入鸦片,输出金银丝茶,随着鸦片从士绅普及到民众,滚滚白银流入英国等国手中。1860年代以后,由于海内外正义舆论的谴责,以及西方资本主义对外贸易政策的变化,上海的外国洋行从主要贩卖鸦片,转向从事杂货和机制棉纺织品的贸易。

上海对外开放的契机,也使城市的近代化迅速启动,随着城市对内对外经济联系的增强,近代文明的输入和市政建设的开展,上海逐渐发展成近代中国的经济、文化中心和著名的国际大都市。

上海模糊的旧影里,渐渐看到了高楼,那是外滩从1920年代开始的新一波摩天大楼热潮。干净的人行道,是因为在道路的底下,铺设了下水系统。上海的道路从此脱离乡间土路的外貌,成为西方城市的林荫道。电话局的接线台,还有商业街上从维也纳皮毛招牌下走过的女子,以及街角上一个穿着旧式西装的男子,背向镜头,匆匆拉开公用电话亭的木门。1869年夏天,上海的马路上,开始按照西方城市的样子栽种行道树,引种的,是上海第一批法国梧桐树。上海的电话局里,当时都是欧洲女人在做接线生。老楚看到这张照片,都不由回想起《列宁在十月》里的一句

公家花园的迷宫

台词:"电话局的小姐都昏过去啦。"

1861年,海底电缆将上海—香港—长崎沟通起来。1881年,上海便出现了电话。同治十年,外商上海大北电报公司将上海与香港接通,上海开始有了与国际通讯的先进手段。1864年,英商自来火房诞生。1865年,上海在中国最早建立煤气公司。1893年,外滩汇丰银行左侧有了煤气照明灯。1882年上海在中国最早建立自来水公司和电力公司。1875年,在外滩的上海海关附设了邮政局。虹口开始建造第一个公立医院。

"看这样的解说词,真是有些讲究的。"老楚对大家说,"他们不能不写上海的伤痕,也不能不写上海的光鲜。这地方本身复杂,怎么可能站在一个立场上就能说清楚了?每个字后面都有辽阔的背景。"

"说得具体点呢?"小雯子问。她从小看得眼熟,却从未深究过。

"上海人不得不讲得十分小心谨慎,不过,自豪之情溢于言表呀。"老楚说。

这小雯子能感受到。即使是那种羞愧,也是因为这种自豪的基础吧。只是被扭曲得不像样。

"有什么好自豪的?须知是全中国都败了,才成就了它的发达。"刘老师说,"按道理说,它就是不清白。"

七、一张椅子

他们经过外滩银行大楼的照片,再经过一个肥头大耳的银行职员埋头于堆满一叠叠纸钞的办公桌前的照片。在那里他们与另外的人汇合,一同望着照片里那些看上去惊人的钞票。刘老师又说:"我去过平遥,参观那里的票号。在上海的现代银行起来之前,平遥的票号是中国最牛的传统银行。上海银行兴起,平遥的票号就走了下坡路。现在去看看那些原先的大宅子,才懂得什么叫物是人非事事休。那些雕花门窗,雕花走廊,上百年的古树,现在真是脏极了,破极了,旧极了,里面住的人,却都还是当年大户的后代,也都是不成器了的。他们现在又靠那些宅子赚钱呢,去看那么破烂的宅子,开开门,给十块钱。一看到上海人这样数钱,我就要想到平遥的凋敝。"

他们来到公园园规的陈列柜前,这是他们最在意的部分。还好,那里的日光灯没坏。

玻璃窗里陈列着从前公园的照片,还有买办们和传教士们写给工部局的抗议信和《申报》请弛园禁的文章。

1881年4月6日,上海虹口医院(即同仁医院)的医师颜永京,圣约翰主持人和唐茂枝等联名致函工部局总办,对"公家花园"不准中国人入内表示强烈愤慨。4月20日,工部局复信说:"由于公园面积有限……允许所有高贵的,衣冠端正的华人进入公园。"但在4月25日,工部局又复信说:"工部局未有意图承认就中国人而言享受公园的权利。"推翻了4月20日的允诺。

公家花园的迷宫

1885年，工部局又公布园规，有"脚踏车及犬不准入内"，"除西人用仆外，华人不准入内"。11月25日，陈泳南、吴虹玉、颜永京等八人联名写信给工部局，指出"工部局执行的是纯粹民族歧视的政策，又要考虑自己种族的私利"，提出要求开放公园。工部局12月2日复信："由于没有外国人社团表示一致同意，所以不准备给予这项权利。"仍予拒绝。那张中文的完整的公园规章，用秀气端庄的蝇头小楷抄成。

1. 各园专为外人而设。
2. 各园每日开放，自上午6时起，至过午夜半小时止。
3. 衣服不整洁者不许入内。
4. 犬及自行车者不准入内。
5. 小儿卧车以路上为限。
6. 捕卵、采花、爬树以及一切损害树枝草木之举动一概严行禁止，游客及携带儿童者，均请协助劝阻，以维公益。
7. 园中音乐队座，游客不准擅入。
8. 奏音乐时，看护儿童之阿妈不准占据座位。
9. 儿童无外人陪伴，不得擅自进留备园。
10. 巡捕有维持规章之责。

"看看，果然是华人与狗，不准入内。"刘老师一边拍照，一边说。

七、一张椅子

"按理说,外头那些浮雕,都是上海人当年不断抗争的证据。可是就是看着别扭。在北京看人民英雄纪念碑,就没有这种感觉。"老楚说,"上海人一说革命故事,就好像演戏,真的也变成假的了。他们为自己的城市自豪,在外地人面前自大,倒极其本色,就像萝卜落到坑里。"

"我也有同感。"刘老师一边浏览着照片,一边回应他,"所以我说在外面给你们照合影,从取景框里看着,怎么看怎么别扭。还记得上次工会组织大家去广州?我们去三元里,也是我给你们一干人照相。就是广州,也是通商口岸城市,比上海开埠还早,都没有这种别扭的感觉。上海这地方,真也是邪了门了。"

老楚说:"你看那抗议信,说得倒是很到位。我知道颜永京是圣约翰大学的创始人之一,现在华东政法学院里还有一栋房子叫思颜楼,就是纪念他的,据说还是当年用庚子赔款的钱造的。其实也算是羊毛出在羊身上。他写的那些话,简直就像是共产党嘴里说出来的,比郭沫若那种哭天抢地,但言之无物的句子有力多了。但是要是再想到他的高等华人身份,立刻就从他的话里品出虚伪的味道来了。"

薛梅又轻轻笑:"我知道你的感受,就好像一双鞋子穿反了左右脚的感觉,对吧。"

老楚也笑着深深点头:"你倒是很有形象思维,也很有深度。"

刘老师说:"说句不好听的,上海这地方,这族群,就像一个被强奸过、但仍旧活得光鲜得很的女人,无论如何都是让人嫌

公家花园的迷宫

弃。虽然你在理智上觉得不应该这样，但感情上总是别不过来的。她就应该去死。就是不死，也只能溜着墙边走，低眉顺眼地过活。哪里容她这样抖擞。就像婊子公然提倡泛爱主义，怎么让人受得了。我们同事多年，你老楚也了解我的为人，我不是那种爱和人吵架的人吧，"她停了停，等老楚大力点头后，再说，"我自己反省，如此愤怒，与在上海有点关系。"

"有道理。"老楚称赞道。

这时，一个人突然出现在他们面前，对刘老师说："不要拍照。纪念馆里禁止拍照。"

"我不用闪光灯。"刘老师对他解释说。

"不可以拍照。"那人只是吩咐刘老师将相机收起来。

看刘老师的脸又涨红了，老楚赶快走到那人和刘老师中间挡了挡，说："好好，不拍。我们也不是为了自己用，是拍回去上课用。"

那人点点头，说："这是纪念馆的规定，在入口处写清楚了的。要是有特殊需要，你们要到公园管理处去申请一下。"

小雯子站出来，自告奋勇去公园管理处打招呼。其实，她是想避开同事们的议论。她第一次觉得自己在同事们中间，也好像是个外人，发不出志同道合的声音来。她为此感到害怕。无论如何，她再也不想看到争执了。一路上，她路过一个停车场，一间厕所，一些树丛，一只圆形的水池，里面的水不大干净，她心里想着的，却是叔叔有次告诉她，小时候他和她父亲也常到公园来

七、一张椅子

做功课,来江边看船。看到有野小鬼摘花爬树,就飞奔过去告诉爷爷来捉。每当爷爷讲他一生维持公园秩序的辛苦,叔叔就不耐烦地打断他,说,自己不知要比他当时苦多少倍。

她又想到在纪念馆里看到的那段古文:

沪上工部局有园焉,树木森然,百卉粲然,固热闹场中一清净境也。然华人独禁,不许一游,论者惜之。昨有西人某致书于晋源报馆云,工部局所造之花园,应使中西人一律进内游览云云。揣其意,大约因观在中国之衣冠中人,偶入其内,门者不遂,阻止,因请概弛其禁也。该报馆登之于报而论之曰:中国之下等人甚多,而花园又太小,设使此禁一弛,未免不便。又使仅任衣冠中人入内而下等人概屏门外,更多窒碍,不如仍照向章如是也。愚以为香港亦有公家花园,布置极佳,向例不准华人出入,自港督易任后,以此事殊属不公,遂裁去此令。中西人士互游于园,从无滋事之举。犹忆年时该处开园,张灯作乐,与本埠相同。斯时,士女如云,无分中外,雍雍然,交让于园,致足乐也。该花园创建之时,皆动用工部局所捐之银,是银也固中西人所积日累月而签聚者也。今乃禁华人而不令一游乎,窃愿工部局一再思之。又下等人之在中国者,皆佣工及执业者居多,料亦无暇而日为此娱目赏心之事。即使有游手好闲者,则有捕房之法令在,若辈亦断不敢逞也。

公家花园的迷宫

她原想请刘老师将这段古文拍下来，回去上课的时候用的。小雯子特别喜欢那句"百卉粲然"，它让她想到了父亲。它只让她想到了父亲，但已没有可能让她想起颜永京。

十六岁的小雯子在公园里走来走去，曾想找一个清静角落背书。那是个黄昏，游客们都回家了，停车场空荡荡的，只在地上留着大块大块黑褐色的油污。她走来走去，路过一百五十年之久的银杏树，一百五十年之久的香樟树，路过一个圆形的水池，路过工人雕像背面的树丛。那时，她不是找不到一处清静的地方，而是这空荡荡的园子散发着的哀伤和怀想打动了她的心。此刻，小雯子想起了那种残留的公园气质，在纪念馆一明一暗的日光灯里浮现在旧照片上的那众说纷纭的大都市，那百卉粲然。那段古文在小雯子心中回荡，她小时候不知多少次经过它，却没有注意它，直到现在，才在她心中留下共鸣。这仿佛是种失而复得的惊喜与遗憾一般的心情，小雯子感受到了自己的成长。

其实，现在小雯子再回望那段极其孤独的经历，已经不再被凄凉的感情左右，她发现，自己就是在那样的日子里成长起来的，她发现自己可以理解很多人和很多事，内心深处也并不为自己与别人的不同害怕，只是不愿意强调这种不同而已。

秋阳照耀下的树丛和小花坛像一个疲惫的老人那样，在阳光下渐渐松弛下来。旧日的公园，仿佛已永远留在那些粒子粗大的模糊旧照片里。十九世纪因为一条沉船而由淤泥堆积成的滩地，如今已经永远与陆地连在了一起。小雯子也从一个凄惶的知青回

七、一张椅子

沪子女，成长为历史老师，可她并不知道多少这个公园真正的过去。叔叔告诉过她，这个公园的章程，诸如不得攀折花木，不得衣冠不整等等，曾是全中国公园的蓝本。小雯子只认为这是叔叔说大话，上海人最喜欢说这种大话，好像他们为中国的现代化做过多少贡献似的。要是小雯子听说英国的外滩史专家断言，当年的外滩公园已经消逝，大概她不会真的赞同。她会说，公园没有消逝，只是改造过了。它对她的近代史教学和她个人的成长记忆，仍旧很重要。

　　远远的，小雯子又看到那个门卫。他背对着大门口，弯腰摆弄着一把旧椅子，它是那样老旧破败，坐垫已裂开过一条长长的口子，露出里面咖啡色的棕丝，和老式的弹簧，不过，有人用白色的粗棉线将裂口草草地缝合了。小雯子想起，在上海的大街小巷，常能看到这类的旧家具。人们将它们放在家门口，晒太阳的时候用。甚至将它堆在阳台一角，百无一用，也舍不得丢掉。这样的旧家具常有特别讲究的造型，在未残破的部分，能发现特别精致的手工。这便是人们最终不舍得丢掉它们的原因吧。门卫正在为那把椅子破旧的坐垫上铺一块皱巴巴的旧海绵，它遮住了坐垫上的疤痕。他又在海绵坐垫上再铺上一块旧毛巾，固定住海绵坐垫，也确保自己坐下去的时候，尽量不感觉到凹凸不平。小雯子想起来，这把椅子与当年叔叔坐的那一把，几乎是一样的。

Kirghiz avec un aigle roya

PIECE.08

公园进行曲：影像、档案与素材

公家花园的迷宫

- 1 -

"旧英国领事馆最初的样子。"

某人特意在图片上特别注明了时间和地点:"英国领事馆最初的样子。"好像父母在小孩的照片背面写上"时吾儿五岁矣"。从前的人,有种对时间流逝天真而诚实的讶异,而且不肯不说出来。

这房子,应该就是爱尔考克当领事的时候建造的领事馆。这房子就坐落在临近苏州河与黄浦江交汇的拐角。那处旧址一直留存到现在,虽然爱尔考克建造的房子已毁于一场大火,但在废墟上建

上海的英国领事馆最初的样子

八、公园进行曲：影像、档案与素材

造的新英国领事馆仍旧是外滩留存最久的建筑，仍旧带有宽大的外廊，是东方殖民地的典型建筑式样。现在它被上海人认作外滩源：外滩的源头。

大屋前面，那一长条绿叶婆娑的滩地，是黄浦公园还是一片荒滩时的样子。

沉船积沙，形成荒滩。沿江的土地竟就这样长了出来。

1860年代，英国的城市有一股开拓城市公共空间的风气，处处都以public为先锋，即使是英国议会大楼街对面的酒馆，也要在磨砂玻璃上写上Public Pub，以示城市生活的活跃。那时，伦敦的皇家园林纷纷开放，改造成面向市民的Public Park。在外滩那一小块涨滩上，外侨体育基金会的先生们将要建造第一个中国的Public Garden。那时，外滩也俨然如一个小型的英国市镇的样子了，Public这个概念也来到了中国。

如下文献，摘自1870年的工部局董事会议记录。

滩地

本委员会收到了爱德华·金能亨先生的下面一封信，内容关于拟议将洋泾浜至公家花园的堤岸作为停靠船只的码头之用事。

亲爱的先生：

我想对公众利益所在的问题发表一点意见，那就是利用洋泾浜至公家花园这一段堤岸作为停靠船只的码头之用。

......

公家花园的迷宫

外滩是上海的唯一风景点，由于那些业主在使用他们的产权时贪婪成性，将房子建造至沿街，连一寸间隙也不留，这样，外滩的腹地便变成糟糕的地方。外滩是居民在黄昏漫步时能从黄浦江中吸取新鲜空气的唯一场所，亦是租界内具有开阔景色的唯一地方。

随着岁月的流逝，外滩将变得更加美丽。外滩很有可能在某一天能挽回上海是东方最没魅力的城市的臭名声。

我确信，没有人会为失去外滩而不深感遗憾的。如果大家都知道外滩这块愉快的散步场地即将失去，那么拟议中的计划也就根本得不到任何人的支持。

当人们想到自世上发明了航运业后的情形，他就能想见港口的后果，因此，他决不会怀疑港口会对外滩的景观带来怎样的变化。

航运业并不是贸易的核心，只是贸易链中低等的附属行业之一，它有点类似驮马和载重马车。交易所、银行、账房才是神经中枢，它们的所在地总是商业人员大量集中的地点。航运带来的噪音和尘埃，会吓跑交易所、银行等机构，这样，取而代之的，将是像利物浦和纽约堆放粗加工产品的堆栈，它们会使整个街道满天灰尘，乌烟瘴气。

英租界的外滩是上海的眼睛和心脏，它有一段相当长的江岸可以开放作娱乐和卫生事业之用，尤其是在两岸有广阔的郊区，能为所有来黄浦江的船只提供方便。

我们可以公开讨论这件事情，以我的看法，这事关公众利益，因此所有居民都应团结一心来保住外滩。

目前，最值得庆幸的是无人可以控制外滩的所有权：不论工部局的一个部门或是整个工部局,还是外滩的地主们。如果外滩为一般公众所有,他们可能早就牺牲掉自己的最大利益了。

如果让个别的业主独占的话,这里可能就要长出两三个污秽不堪的赘疣,就像对虹口市容造成破坏的霍华德码头一样,假使照温斯达先生的建议,让中国政府拥有它,则任何令人厌恶的事均可能产生。

照我的看法,外滩的最佳可能,就是继续保持目前的相互牵制。但这一状态最后可能消失。那么,就只有靠外侨社会的良知来挽救它。

～～～～～～～～～～～～～～～～～～～～

公园就是在这种傲慢的责任心鼓舞下建造起来的。为此,金能亨先生还答应借给公园委员会一万两银子,可遇到了外滩地产贬值,他的诺言没能兑现。公园委员会的索恩先生只好清算了账目,由工部局征得外侨社会的募捐,完成工程。

是的,金能亨是一个傲慢的人,但却不能说他无理。只是他的话很刺耳。

- 2 -

还是工部局董事会议记录,记录了在1868年,外侨们如何照料中国第一个公园的诞生。

公家花园

门房已建成,矮墙工程仍在进行中,不良的气候推迟了工程的完成,超过预期的时间。座位已安放在便利公众之处。总的说来,工程进展至此阶段使得本委员会能采纳我们前任的建议,即,把公家花园移交给士绅委员会(该组织的目标是建立一个园艺社)照管,本委员会关切的一件事是:发现从英国发运来的栏杆并不是预定的那种,到手物品的等级远远低于我们所想要的,订货合同执行得极差。总办授命测量员制作一份关于由普克先生从英国发来铁栏

公家花园在19世纪

杆的情况报告，报告应说明关于送去的图样与收到的物品两者之间大致的价格差异。

公家花园

根据你们的指示公家花园已于8月8日正式移交公园委员会的埃德蒙·何爵士、麦华佗、普罗斯德、阿华威、佛礼赐和比斯尔等先生，由他们承担全部管理工作。以将一笔一千两白银的款项送交商行司库，作为改善及装饰花园之用。

增设的坐椅已经安放在花园内以方便公众。在花园沿岸，保护公园用的铁丝栅栏已向英国订货。煤气灯将尽快安装。一名西捕将下午在公园巡逻，他的工作已交由管理公园的委员会进行安排。本委员会正在考虑已建成的那不太令人满意的矮墙以及由承包人梅赫斯特在矮墙上安装的铁栅栏的问题。

建造由英国运来的铁栅栏，是本委员会目前同工部局在伦敦的代理人普克先生之间往来通信的主题。铁栅栏不久即将涂漆。

能看出来，公园的土地由工部局租了下来，由工部局出资建造和维修。那么它就和伦敦的公园一样，都是政府为纳税人提供的城市公共空间。

不过，当时知道要建公园的，只有一个中国人，他就是上海道台。他经手将江边的涨滩租给外侨体育基金会，用作西侨运动场或公园，以不可赢利为租借条件。道台对上海发生的一切都穷于应付，这些穿四品官服的举人们，还来不及了解城市公共空间的意思。

— 3 —

找不到颜永京的照片，怎么也找不到。找到了严信厚的照片，他和颜永京是同时代的成功生意人。找到了颜惠庆的照片，他是颜永京的大儿子，在美国受教育，以美国学历，得清廷的翻译科进士的功名，后来他又是民国重要的外交家，当过北洋政府的总理和外交总长。还找到了唐绍仪的照片，他是唐茂枝的侄子，他也在美国受教育，学成归来，也为祖国办外交。他做过民国总理。他们两个人，都是风格强硬的外交家。他的叔叔唐茂枝，就是1885年与颜永京一起写抗议信的怡和洋行买办。

留下颜惠庆的照片，是想在他脸上找到颜永京的模样。他是上海最早学会骑脚踏车的男孩，他的妈妈，是上海最早的教会学校毕业的女生，他中英文俱佳，一生正派，进而为国家争颜面，退而为中国人编写了《英华大辞典》。做父母的，总是情不自禁地要将一个好的自己寄托到子女身上，特别是对家中长子。父母总期望孩子能成为一个更完美的自己。因此，从颜惠庆身上能找到颜永京的理想。

留下唐绍仪的照片，是想在他的身上，他家富有虹口特点的红砖与青砖镶嵌的房子，他家眷们清爽的脸上，找到颜永京生活的环境。与唐家一样，颜家也生活在虹口，严家也生活在虹口。当时的虹口，是英租界里有地位的华人家庭喜爱的社区。颜永京

唐绍仪家庭合影

公家花园的迷宫

颜惠庆肖像

家的沙龙曾因聚集了思想先锋的买办、教授、华人传教士而引起工部局的商人们和教会的美国传教士们的警惕与不快。现在，在山阴路和栗阳路上，这样中西合璧的百年红砖屋都垂垂老矣，如今里面挤住着涌进上海讨生活的浙江泥水匠，安徽小生意人和山东货车司机，颜永京俱乐部那种清末西化知识分子特有的开放与自尊的森然气息已然荡然无存。

留下严信厚的照片，是被他的眼神打动了。那双沉郁的眼睛里，默默的全是不服。对故土满目凋零不服，对上帝面前人并不能平等的不服，对皇权不服，对洋人与国人之间的隔阂不服，对祖国日益委琐的精神不服，为受了委屈后滋长出粗鲁暴虐的游民习气的同胞不服，为一个小公园终究被毁在自己人手里不服……

八、公园进行曲：影像、档案与素材

严信厚肖像

总之，就是不服。我相信，这就是吉迪小时候在公园里看到的颜永京的眼神。

这就是打动了这个生活在1970年代的懵懂男孩的眼神。虽然他不懂得这眼神的含义，但他心中为之一动，如同一块石头落到玻璃窗上，"铮"地一声脆响，碎玻璃便散落一地。

2008年春末，偶尔见到一对在建阳学院教哲学和社会学的教授夫妇，偶尔说起颜永京。这对华人教授对这位前辈推崇备至，他们为在上海偶遇了一个可以说出颜永京一二三的作家高兴不已。他们急急地问，你可知道我们学的"美学"一词就是他翻译的？我也急急地问，你们可否在学校的档案里找到他的报名照？我们都对颜永京怀有纯正的敬意和亲切感。

-4-

公园大门口。从华尔纪念碑到浦江潮五卅工人运动纪念碑，颜永京会怎么理解这符号的象征意义呢？每次看到这个雕像，我都想到颜永京。

绕到浦江潮雕像的后面，能清晰地看到工人高举的手腕上，还戴着一只已被挣断了锁链的镣铐。这个镣铐，当然是象征着中国工人阶级挣断了帝国主义的枷锁。

不过，也许从颜永京看来，那个枷锁象征着封建时代中国人对公民权利与义务的无知，它还戴在高举的手腕上，就像中国人至今对如何能成为一个现代工业社会的公民，作为纳税人，有怎样的权利和义务，仍旧是模糊不清的。

所以，一个英式小公园的清秀面貌，终于渐渐被管理者和游

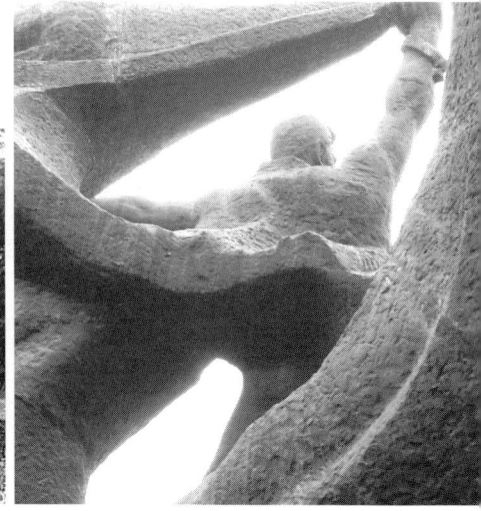

浦江潮纪念碑的正面与背面

八、公园进行曲：影像、档案与素材

客共同摧毁。

1887年，在《字林西报》工作了十三个月的英国编辑查尔斯·哈尔康伯（Charies Hoecoub）在他的回忆录里记录了公园的某个晚上：

> 我坐的位置很不错，能看到黄浦江，江水近在咫尺，流过公园的东岸，月亮高高挂在天上，欢喜地照耀着大地上这令人舒服但并不田园风格的风景。那的确是漂亮的景色：波光滟滟的流水，如画的花园，全都沐浴在柔和的月光中，富有装饰感的，不仅有那些精致的热带花草，而且还有不少优雅的女士，打扮得无可挑剔，争奇斗艳，在树影重重的小树林间漫步，那里有芳香的空气和压低了声音的低语，让人不禁想到仲夏夜之梦。
>
> （摘译自Baker编辑《上海》一书）

与哈尔康伯同时代的传教士颜永京，在二十一世纪再游公园，该有怎样的心情呢？

常胜军纪念碑

- 5 -

1881年工部局董事会会议记录：

公家花园

  颜永京和其他九位华人居民及纳税人来信，抗议捕房不让他们当中的几个人进入花园，并询问有关中国人进入花园的章程。

  董事会的答复是，由于花园地方有限，所以现在不是所有的中国人都能进园的，但捕房已授权让正派的、穿戴体面的华人入园。

  总董说，他得知侨民一般都反对华人入园的情况后，已指示彭富尔德先生不要更改捕房以前有关允许华人入园的规定。

  接着与会者就关于该花园当时移交给工部局的条件进行了讨论，决定要弄清楚从法律上讲，华人是否能要求入园，同时大家一致同意复信颜永京等人，表明工部局不承认华人有使用该花园的任何权利。

1885年工部局董事会会议记录：

禁止华人进入公家花园

会议收到唐茂枝等人的来函，来函指出了令人反感的歧视性规定，它偏袒日本人和韩国人，准许他们随意进入公家花园，而所有华人，包括高级官员和来自遥远省份的参观者都被坚决排斥在外。因此他们要求工部局对此加以研究并做出某种安排，以便能准许华人在某些限制之下进入公园。他们建议如下：

1. 公园每周应向华人开放两天，例如星期六、星期天，然而人数上要加以限制，办法是由工部局发票。

2. 沿外滩的所有草地可开辟为公园向华人开放，乐队可在一周内的某些日子里进行演奏。

3. 跑马厅的中心地区可改为公园向所有人开放。

董事会一致认为，信中提出的要求是公平合理的。虽然董事会充分同情并理解提出此要求的心情，但是在全体外国侨民没有对此事表达他们的愿望以前，董事会不准备给予华人所渴望的特权。会议认为，体察民意的最好方式是在信上签名，作为就此事提出一个决议案，提交给明年2月召开的纳税人年会，届时也可请他们对外滩草地和跑马厅中心区开辟为公园的建议表决。

（以上工部局董事会会议记录译文引自上海古籍出版社出版《上海工部局董事会会议录》。以下的工部局董事会会议记录引文，由笔者根据原文译出。）

- 7 -

1887年工部局董事会会议记录：

女王登基五十周年庆典

  会议宣读了公园委员会名誉秘书的来信，来信提请董事会注意登基五十周年庆典委员会为庆祝女王登基五十周年纪念而拟定的安排。他说，公园委员会认为，批准喷泉建在公园内，或甚至让公园张灯结彩，都是最不可取的。因为这样就没有办法把华人拦在园外，而他们则将践踏并彻底毁坏那些花草树木。

  会议又宣读了登基五十周年庆典委员会主席的来信，来信要求工部局按照原来的安排，在登基五十周年那一晚在公家花园张灯结彩，因为如果租界内最出名的地点处于相对昏暗的状态，则大多数公众将会感到失望，并深为遗憾。

  总董说，他已将此信交怀特先生看过，并与怀特先生商妥，在公家花园张灯结彩，例如在沿外滩的一边以及靠黄浦江与苏州河边的人行道上。

  会议接着就工部局是否要允许华人在庆祝之夜进入公家花园的问题进行了讨论。会议最后决定不变动现行规章，即一般情况下，仍华人不准入内。

19世纪公园中的凉亭

- 8 -

1889年工部局董事会会议记录：

华人进入公家花园

领袖领事来函，内附道台来函译文，道台在信中说，工部局应按规定向华人开放公家花园，因为它的维护费用大都来自租界内华人居民的税款。

会上还宣读了道台与1885年的董事会就这个问题交涉的往来信函。总董说，目前任何受尊敬的华人都可以从公园委员会处申领到一张门票，让他自己和他的朋友们入园。他也因道台的要求去拜会过许士先生，他认为公开讨论此事不妥，最好的办法是迁就华人，即继续凭票入园的现行制度。如果这种制度在很大程度上被人利用了，则此特权就可予以收回。

各位董事同意这种办法，条件是华人必须理解他们不能把进入花园视为权利，在乐队演奏之夜华人亦不得入园。总董承诺由他去起草答复道台的复信，复信将先交各董事传阅。

允许华人进入公家花园

公园委员会名誉干事来函称，头六个月，给"持票个人及团体"发放了四十六张门票，所以进入该园的华人总量将大大超过四十六人。这

八、公园进行曲：影像、档案与素材

些票的有效期为一周，但原来的意思是允许持票者一周期间内只可进去一次，而入园的人现在都认为在此期间内应允许他们每天都进去，在一周结束时，他们可要求再发门票。如果获准，只能允许约十二或者十五名华人及其团体，在一年中进入该园，其他人不得享有。

随后对门票问题进行了讨论，在讨论中有人提出，如果入园者不论在入园时还是离园时将他们的票交出，困难立即可以得到解决，但董事会最后决定通知科纳先生，董事会建议委员会将票改一下，明确表示，这些票只允许持票者在票的有效期内一周只可使用一次。

在公园

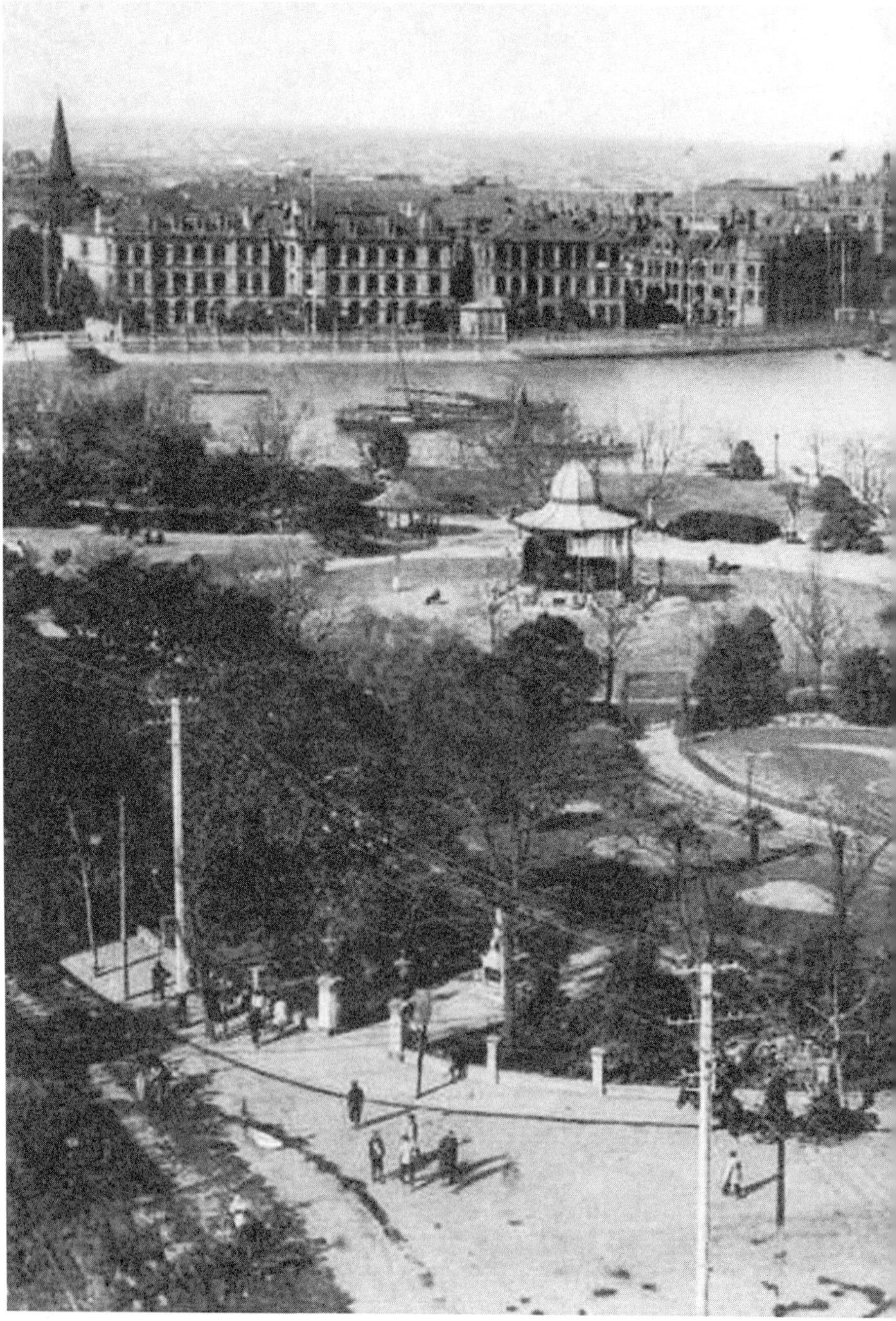

公园一景

1889年工部局董事会会议记录：

公家花园·允许华人入园问题

　　会议宣读了有地位的颜永京先生致公园委员会名誉秘书的信，颜先生为他本人和他的一位朋友申请公园门票，他在信中指出，门票制度始于1885年，却从未告示华人。他建议，公园应每周为衣着体面的华人免票开放一次。他指出，这样能增进外侨和华人之间超越种族的感情。

　　会议还宣读了科纳先生的来函，他提到门票制度在1883年罗斯韦尔先生去世前已开始生效，但很少有人使用。最近情况才有所改变。他还说，华人免票入园是必要的，而非出于容忍，公园委员会认为最好是每周有一天，允许一切有身份的和衣着体面的华人免票入园，可以说星期三比较合适，那天没乐队演出，外侨也比较少。那天也可增派一些巡捕。

　　董事会都反对每周允许华人入园一天，希望维持原状不变。但会议决定，留待下次会议再次讨论之后，再答复科纳先生的来信。

公家花园

　　董事会上再次讨论华人入园一事，总董宣读了复信草稿，他建议将此复信寄出。复信通知科纳先生，工部局感谢公园委员会对这一问题的思考和提交的意见，并赞同他们的想法：也许相比门票制度，华人会更愿意每周中有一天让他们自由出入。这个建议是颜永京先生提出的,未必为他的同胞接受。因此董事会认为现在变更并不明智,他们建议通知颜永京先生,工部局已了解他来信的内容,认为无需改变目前的做法。

董事会通过此草稿,将誊清后寄出。还要通知科纳先生,他在给颜永京先生复信时,措词须十分当心,不要承认华人有自由入园的权利。

因斯滩地

在谈到关于将因斯滩地改造成公园的建议时,测量员及科纳先生将他们准备的一份预算提交董事会讨论,从中明显可以看出,须花一万两,其中包括两千五百二十两修造一条沿公园的矮堤,一千八百两筑一道沿苏州河的矮墙和铁栏杆,还包括用于碎石铺路的一千一百两。

董事们认为,如果能达成这样谅解,当公园完工以后,将不许华人再进入现在的公家花园,纳税人就不会反对花费这样一笔费用。

在公园

-10-

吉迪和他家里的人都不怎么知道,这个如今从上海大厦宴会厅阳台上望下去,向苏州河伸出的一小块绿地,1889年时的因斯滩地与他家的祖上有什么关系,也不知道,他家祖上做上海道台的时候,是上海走马灯一样川流不息的道台里,最明白纳税人含义的一任官员,也是最让工部局头痛的强硬的道台。他用工部局擅自扩建黄浦公园堤岸为由,依照《洋泾浜租地章程》中涨滩属于中国政府的条款,坚决不同意将公家花园外面新形成的涨滩划归公园。他不让工部局好过,与其说是坚持原则,倒不如说是报复公园不让华人自由进入的规定。

抄录一段1890年工部局董事会的会议记录,这份文件吉迪他们全家都没看到过。不过,他们家所不知道的祖先故事多得是,也并不会太过遗憾。

因斯花园及苏州河滩地

领袖领事来函,内附他致道台信的英文件,他在信中指出,依照《土地章程》,苏州河沿岸的滩地均为公用。因此,在正式文件中应称之为"公用土地",而不应如目前所称"政府土地"。

领事信内还附有道台回复的译文,道台对领事的看法提出反对。他以为《土地章程》中的条款只适用外国人已购进的地产,因

华人公园

此他断言章程条款不涵盖苏州河滩地。至于因斯花园，他并不反对将其称之为"公用土地"，他之所以同意这种说法，基于因斯花园已被允许改建成一处公共场所，华人也可从中得到益处。此为一个特例。

道台建议领袖领事明确告知工部局，他们关于滩地的任何行动都不恰当，对因斯花园状况的理解亦不妥，因为工部局对《土地章程》理解有误。

随后，会议宣读了致领袖领事的复信，复信要求领袖领事通知道台，工部局认为讨论滩地与河岸的所有权并不是他们的责任，他们也并未主张过任何额外的土地所有权。根据《土地章程》，它们确属公用土地，工部局的职责是监督公众的权利是否得到保护。

～～～～～～～～～～～～～～～～～～～～～～～～

华人公园就是这样争取来的。

道台决定，这个公园虽说叫华人公园，但不禁止洋人进入。这是他理解的"公用"之意。

后来，吉迪他们回国来，在上海大厦顶楼宴客。那个顶楼，正是1970年代周恩来款待来访的外国元首之处。吉迪选中这里，为了纪念中国1970年代初期的秘密宴会给他家带来的星星之火。他们点了传说中款待黑格将军的扬州狮子头，火腿干丝和款待戴高乐将军的水晶虾仁，虽说那都是明明白白的扬州菜，但因为那个年代和那个地点，使它们带有某种神奇的色彩，它们就像阿里巴巴的咒语一样，与另一个时代的开启联系在一起。

酒酣时，大家来到阳台上吹风。他们眺望外滩和苏州河的景

八、公园进行曲：影像、档案与素材

象，他们津津乐道的，是1972年作为尼克松访华先遣人员的黑格将军在这个阳台上出现的故事。吉迪在亚非学院的资料库里特地查到当时的照片，借回家去给父母和姐姐看。黑格将军穿着深色大衣。他们猜想黑格将军在这个阳台上的所见和所感。对黑格将军的兴趣，来自于一种莫名的感激。他是一种象征，象征着中国从此缓慢地打开了通向世界的大门。对吉迪一家来说，他就像《圣经》里那只大洪水过后翩翩而至的鸽子。

对那一小条苏州河畔的绿地——1889年的华人公园，吉迪倒没什么特别的想法。他离开中国时，那里还是一个小街心公园，现在看来，它仅仅是有些树木的河岸而已。

吉迪甚至没有为它拍一张照片，像筷子俱乐部的人回故里访问时常做的那样。他觉得那地方实在乏善可陈，不值得。

公家花园的迷宫

-11-

我们看到现在公园的样子了。现在的公园被一分为三，一份是人民英雄纪念塔，外滩历史纪念馆，和一个收费停车场。不过，纪念馆已关闭了。一份是厉家菜，不过，这个厉家与公园一点关系也没有。最后一份，是浦江潮雕塑和后面的一小块绿地。唯一能唤起回忆的，是一个已干涸的圆型水池和它的太湖石，还有一个坐落在早年音乐亭附近的木头亭式花架，它模拟了一个欧洲式凉亭的圆顶。

这是小雯子记忆中的公园，除了厉家菜。她也不认识厉家菜。

公园是那么小，那么拥挤嘈杂，但在小雯子心中，却是少年时代在上海度过的最温情的纪念，不管这里发生过什么，或者将来还要发生什么，都不能夺去她已收藏入心的私人感情。对她来说，公园象征的，是她和知青父亲之间模糊的联系，这种联系给她带来过少年时代最深刻的痛苦和迷惑，当她离开上海时，心中藏着一点背叛引起的内疚与快意。

她真的以为从此可以摆脱父亲的阴影，只做乡下母亲的孩子了。大声说一口字正腔圆的安徽话有多痛快，她已有了真切的了解。

这种埋藏在公园记忆里的温情，是她没有再见公园以前从未想到过的。她也不太习惯。

公园也是属于她的。

八、公园进行曲：影像、档案与素材

如今坐落在公园入口处的浦江潮雕塑并不招人喜欢，对一个小公园来说，它实在太大。对公园来说，它太沉重。对外滩来说，它太愤怒。但它却是历史创伤的真实反映。

1925年对公共租界是个不平凡的年份，因为五卅事件，租界里的中国人和外国人都意识到了民族平等的迫切。五卅过后，这个不让华人自由出入的小公园，成了租界种族关系最富有象征意味的符号。从那天起，公园就不再是个由苏格兰园艺师管理，摆放着与伦敦摄政王公园河畔相同的躺椅，由英国巡捕维持秩序的江边消遣之地，而是一支测量华洋杂处社会是否在发烧的体温表。

当华尔纪念碑拆除以后的四十多年，中国人开始规划公园的改造，当年被工部局惊恐地意识到的愤怒终于得到了报复性的表达。在华尔纪念碑的遗址上建造五卅纪念碑，是可以同情的。但这个雕像不惜破坏公园布局的和谐，则令人怜悯。

公园在20世纪末

-12-

找不到华人到底什么时候被禁止入园的资料，有人说开始华人也和侨民一样可以入园，但华人在公众场所表现不佳，乱吐痰，赤膊，躺在长椅上睡觉，才被逐出园子的。侨民说华人还没开化，不能享受市民的礼遇。但说这话的人也拿不出证据来，只是"依稀"。

直到1881年记录在案的颜永京的抗议信，算是一个证据。证实在1881年，公园已经禁止华人入内了。

要到十一年之后，园规中才加上狗不得入内的条款。

抄录一段1892年工部局董事会会议记录，作为证据：

公家花园

捕房苏督察长来函，报告因有人带狗入园，使游园儿童面临危险，希引起注意。几天前已有一名儿童被另一儿童所带的狗咬伤面部。他建议必须禁止任何人带狗入园，即使上了狗链也不允许。

他还要求对有些儿童在花坛处嬉闹，损坏花卉一事引起注意。看管儿童的阿妈们只顾没完没了地聊天，不尽照看孩子的职责。

董事们通过如下建议，不得带狗入园，并汇同公园委员会，依此意发布布告。关于儿童毁坏花坛一事，他们则无计可施。

八、公园进行曲：影像、档案与素材

而在此以前，黄浦公园的园规里已经有骑脚踏车者不得入内的条款了，与伦敦海德公园玫瑰园的规定相同。

海德公园的玫瑰园篱笆上，吊着一块一尺见方的黑底白字牌子，写着狗与骑脚踏车者不得入内。与传说中黄浦公园的华人与狗不得入内的牌子非常相似。

到今天为止，仍找不到一件证据，可证明曾经有一块牌子，如海德公园玫瑰园的黑色牌子那样，点明华人与狗两者不得入公园。倒是发现了将若干条款放在一起的园规木牌，在这张模糊不清的照片上，在旧日公园的入口处。这条会议记录证明了在1892年之前，肯定没有传说中木牌的存在。

公园门口的园规木牌

公家花园的迷宫

-13-

人民英雄纪念塔后的外滩历史纪念馆,陈列着翻译成中文的公园完整园规。令人惊奇的是,虽然华人与狗木牌的传说非常著名,但很难在白纸黑字历史书上发现这个故事。《上海外滩南京路史话》没有提到这个故事,博物馆和纪念馆里陈列的是完整的公园园规,中学和小学的历史书上也没有提及木牌。它始终是一种传言。

那么,我们关于木牌的确存在过的印象是从哪里来的呢?吉迪是由一个女教师教导的。老枪是从敌伪时代的报纸上了解到的。在一个第二次世界大战时在上海避难的犹太人印象里,是日本人说出来的。另一个革命者则是在毛泽东著作里得到的讯息。美国记者豪塞则是从关于上海的欧洲记者访问记里了解到这个故事,并在1937年写进了自己的上海报道里。小白和小宁,这些近二十年来学习和研究上海地方史的年轻知识分子,则是从各自跟随的导师,华东师大或者复旦大学的历史学教授处得到了存疑的启发。导师们出示了一张模糊的照片,照片上有一个工部局当年统一使用的黑底白字的木牌。在《上海外滩南京路史话》一书中,这张照片作为证据,出现在关于公园曾独禁华人的论述中。许多人曾误解照片上那个看不清内容的黑色木牌,就是"华人与狗不得入内"的木牌,但导师们说,那实际上是一块写了完整园

八、公园进行曲：影像、档案与素材

规的木牌。

至1990年代，对这个木牌存在与否的怀疑，终于由一个年轻的英国历史学家毕克斯大声说了出来。在社会科学院历史研究所的一次国际会议上，他应当时的社科院历史学所所长熊月之的邀请，宣读了与美国历史学教授共同完成的关于公园木牌的论文。这篇后来发表在权威杂志《中国季刊》上的英文论文基本否定了这块木牌的存在。他们在自己的论文中特意向那些早已委婉质疑木牌真实性的上海历史学家们致敬，那个致敬的名单中就有老枪。

至今，究竟是否有过这样一块具有高度概括性的木牌，已成为疑案。争执的双方都无法找到更明确的证据来支持自己的观点。但当时上海租界的公共空间曾独禁华人进入，则是不争的事实。

外滩历史陈列馆中的公园历史展柜

公家花园的迷宫

-14-

伦敦高地门公园与上海黄浦公园一样，在1860年代向市民开放。在高地门公园门口也竖立着黑底白字的游园规则，一共有八十六条之多，详细规定了在公众场所的公民守则，包括着装，言谈，行为，宠物的管理，用公用厕所的礼仪，超过七个人的聚会的申请制度等等，凡是在公众场所影响了他人的权利，都将受到法律的制裁。

与他们家的英国朋友不一样，吉迪一家都很喜欢这些条款，而且尽心遵守着，即使在吉迪的年轻时代，都没想到要反抗它。它代表了一个现代社会的秩序感，这足以令海事时代后多灾多难的古老东方崇拜。

"你说这样在公园里还能做什么？"当他们的英国朋友对园规点点戳戳时，他们都息事宁人地笑着，不说什么。他们心里都知道，自己如此珍视能保持体面的公众场所，珍视Public的摩登感觉，是因为那些在英国小市民看来离奇的故乡经历造成的。他们只是微笑不语，一半由于自尊，不愿意诉苦，不想自己是英国人眼中的"礼拜五"，一半也明了即使他们说了，也没人能够真正理解。既然已在伦敦安家落户，他们就想好好做个地道伦敦人。

他们对伦敦，真的抱着此生最热忱的好感，他们把这种好感解释成归属感，仿佛倦鸟思归。

八、公园进行曲：影像、档案与素材

伦敦高地门公园门口的园规铁牌

-15-

吉迪将小宁带来高地门公园，在这里的草坡上，能眺望到伦敦中心地带的高楼和圣保罗教堂庄严的圆顶。路过一块黑色铸铁的牌子时，吉迪点给小宁看了那上面——陈列的八十六条园规。

站在湿漉漉的草地上，小宁突然问："如果这些园规的第一条说，此公园为外侨社团专有，会怎么样？"

吉迪无声地笑了："怎么可能呢，这是文明社会，只能用纳税人这个概念。"

然后，他们沿着草坡，一直走到吉迪家的木椅前。诚然，这开放已一百多年的公园，还保留着皇家花园时代的优美草坡，当年的狩猎林现在养着上百种鸟儿，供观鸟爱好者来此消磨整整一天。为孩子准备的小动物园那里，传来驴子响亮的叫声。

吉迪伴着童年时代的玩伴在草坡上散步，呼吸复活节雨后清新的空气，心中悄悄对自己说："这就是英国啊。"

八、公园进行曲：影像、档案与素材

伦敦高地门公园山坡

- 16 -

1926年的工部局董事会会议记录：

允许华人进入黄浦公园

总董提到他最近收到一份华人居民的来函，谈到了这个问题。他声称，由于此事对华人关系重大，因此很可能这个问题在来年再次提出来，工部局有必要早日做出决议。他指出，《土地章程》第六款规定，工部局越界征地建造黄浦公园目的是为"公共租界内全体居民"的福利，他又称，工部局以前不许华人进入那些公园，在今年内可能引起争端。为此理由，他认为，关于华人进入公园问题，最好及早得到考虑，为此，在下一次年会上应做出一个声明，表示工部局愿意做到这一点。

鉴于在年会上将提出华人代表及会审公堂的地位问题，董事们认为，在本年内还是推迟提到公园问题较好。但是总裁认为，作为一项策略，工部局应在下次年会中建议任命一个西侨和华人居民的联合委员会，以调查允许华人进入外滩公园的条件。董事们赞同这个意见，因此，在总董的演讲辞中应包括这几点。

然后副总董提到不许华人在外滩沿岸道路上行走一事，他声称这一限制是极大地激怒华人公众的根源。他建议警务处应考虑取消这种限制。经讨论后，决定将此问题提交警备委员会，听候做出报告。

八、公园进行曲：影像、档案与素材

公园在1920年代

1927年的工部局董事会会议记录：

会上提出并确认了2月10日至17日公园委员会会议记录。公园委员会一致认可华人可以自由进出兆丰公园，虹口公园，公家花园，昆山公园和白南街露天市场公园，总董说，在委员会同华人代表谈判期间，他一直与委员会主席保持着密切接触，了解详细情况。但福斯特修士则对委员会和华人代表是否能就这个问题达成协议仍持怀疑态度。目前提交的建议，的确由公园委员会和华人代表达成了一致，但由于这些讨论都是以工部局在去年纳税人年会上所作的承诺为基础，所以他认为，目前这个建议不仅应深受当时工部局允许华人进入公园的方针的影响，而且也应考虑到侨民社团的顾虑。因此，是否采纳这一建议，应由纳税人决定。因此他建议，将决议提交给将要举行的纳税人年会讨论。而工部局则应明确表示它是否支持该决议。由于工部局对允许华人进入公园一事已作过承诺，因此不可能采取中立态度。而且工部局要反对这一决定同样也是困难的。比较有可能做的，并有必要的，大约是进一步考虑修改入园的现行规章制度。然而，由于华人代表已指出华人社会准备遵守任何规章制度，只要这些规章制度对西侨和华人一视同仁，工部局可以它的判断力，在限制那些令人不快者入园方面有所作为。

八、公园进行曲：影像、档案与素材

允许华人进入公园

麦克诺登准将认为，允许华人进入工部局公园的决议预案，在即将召开的纳税人年会上不会采纳。这将导致西人和华人社会间感情进一步恶化。因此他建议，工部局应考虑撤回这一预案。总董指出，由于工部局已在这一问题上决议，如今撤回已极为困难。贝尔先生提议，可将此预案仍如期提交纳税人会议，看纳税人的态度是否赞同，如被接受，则应该指出，允许华人进入公园的生效日期要由工部局决定。而且，工部局亦可在预案基础上提出修正。总办认为，华人社会会把这种行动看为工部局缺乏诚意的信号。董事们都同意总办的分析。因此，总办建议维持原草案不变，但另安排一个纳税人提出修正案。此建议获得一致通过，后续的一些必要安排也将落实。

公园在1930年代

1927年的工部局董事会会议记录：

允许华人进入江边草坪和岸坡

讨论后，董事们认为，从华人使用外滩岸坡和草坪的情况可以看出他们是否会滥用权利，这将有助于对是否允许华人进入工部局公园这个大问题做出决策。因此董事会决定，暂不禁止华人使用外滩岸坡和草坪。不久再研究解决方案。

关于公园木牌的文字资料

八、公园进行曲：影像、档案与素材

— 19 —

一份已几乎不能翻阅的《字林西报》，一本1975年出版的《上海外滩南京路史话》，小宁经常对照着读。

1920年代，不光华人愤怒，西侨也愤怒。租界里的居民，都觉得日子过得越来越不平等了。小宁想，这也许是制度的不合理造成的。相比当时的中国政府，工部局在管理城市上的优越不可质疑。但是，就如同丘吉尔对民主的理解那样，民主是个坏制度，但在没有比民主更好的制度出现之前，人们只能选择民主。小宁套用丘吉尔的句子来表达她对工部局的评价。上海工部局对租界的管理方式是不合理的，甚至也不合法，但当时没有比它更好的管理，所以，即使它伴随着各种各样的批评与反抗，它仍旧是当时最好的。她就本着这个立场做研究。

公园木牌的文字资料，《字林西报》　　1975年版《上海外滩南京路史话》

一份《字林西报》，代表着畅所欲言的西侨立场，保守，自豪，势利。一本《上海外滩南京路史话》，则代表了至为激烈的民族主义租界史观。小宁觉得自己实在就是第三种人，需要寻找到作为一个上海本地的地方史专家的角度。这并不容易，她得建立起一系列的支持：史料的，历史观的，世界史观的，她得超越许多仍旧沸腾于心的情感。

《字林西报》影印

八、公园进行曲：影像、档案与素材

-20-

复制自小宁电脑里的资料文件：《字林西报》关于公园是否应该向华人居民开放的讨论。版面上有亨利写的文章。小宁将亨利的文章留下作为参考时，无法想象自己将在接下来的英国之旅中巧遇亨利的弟弟。一个只能出现在充满螨虫的旧报纸上的历史人物，而且，这份报纸作为殖民地时代的特殊产物，已永远地失去再生的可能，竟然出现在小宁的现实生活中。

作为在移民家庭成长的人，这种邂逅的梦幻性，总是吸引她将自己的研究生涯与个人生活中的爱好联系在一起，并享受这种联系。

小宁最喜欢进入徐家汇藏书楼的老式书库，那里保留着欧洲古老图书馆的格局，书架、木头扶梯、灯和空间，以及木百叶窗后面的那种沉郁的幽暗。那里保留着一百多年来天主教区积累的各种外文书和外文报纸，以及租界时代的外侨生活记录。那是一个永远消失的世界。小宁总是由衷地感到自己在探寻一种神秘的精神联系，城市的过去和现在之间，以及在个人和历史之间。这是小宁成为一个上海地方史专家的动力，也是她每次结束工作，都及时离开欧洲和美国，回到上海的原因。她不像土生子小白那样，自然而然地留在美国，做一个穿李牌便裤的中西部小城中产阶级。对小宁来说，上海是个有趣的地方，比世界上任何地方都更能吸引她的注意力。

-21-

小宁在伦敦摄政王公园拍摄的照片，草坪和凉亭，以及太阳椅，都让小宁想起十九世纪末的公家花园。她相信这样的格局是当时英国公园的基本模式，只是摄政王公园至今保留良好，而外滩的公家花园已经面目全非。黄浦公园已无当时的草坪和凉亭，按照毕克斯的说法，公园已荡然无存。小宁相信，这个木头藤架，应该就建在旧凉亭的不远处。那半圆的穹顶，应该就是凉亭的遗韵。

与毕克斯不同的是，小宁热爱这种斑驳依稀的面貌，她认为这样的变化，才是真实而且富有内涵的面貌，其中包含了后殖民时代的真谛。她是为揭示这种真相而工作，而不是为还原殖民时代的东方传奇而工作。

伦敦摄政王公园凉亭

八、公园进行曲：影像、档案与素材

公园凉亭遗存

- 22 -

《字林西报》上关于公园大讨论文章的插图：一个颓唐无奈的人在公园。将他想象成亨利的父亲，那个在上海出生并在此度过整个一生，并埋葬在上海的汇丰银行英籍雇员，应该是合适的。

反对华人进入公园最主要的力量，并不是工部局董事会，而是普通的西侨。抄录一段当时的工部局董事会记录，能明确地看到这一点。

第七号决议案允许华人进公园问题

总董说，一个纳税人要求他向董事会转达这样的意见，即对原决议案的反对意见可能极为强烈，以致不仅决议案不会被采纳，而且会遭到大多数人拒绝。如果情况真是如此的话，毫无疑问，这样的决定就会引起更强烈的排外情绪和反对工部局的情绪。该纳税人建议，董事会应与和公园委员会商讨此事的华人代表进行协商，目的是劝说他们撤销该决议案。总董向董事会提交了今天收到的冯炳南先生的一封信。他代表代表们明确表示，他们对此事的态度不变。总董认为，董事会严禁华人进租界以内的公园是合法的，因此贝尔先生建议董事会应就此事发表坦率的声明，同时还要指出，在目前这个时候不宜允许大批华人集结在公共花园内。董事们就此建议进行了长时间的讨论，最后一致认为，如果董事会提出的决议案被断然拒绝，实在令人遗憾。不过，同时董事们一致同意：只有在

《字林西报》中公园素描一

本地形势恢复正常后,才能对该决议案予以实施。

在上海的普通西侨,已养成殖民地生活中强烈的优越感。那种白人面对有色人种在殖民地的优越感,有时甚至可以说,是他们巨大的精神支柱,支持他们在这"幽暗的热带"生活下去。这也是后来当亨利一家被迫回到英国,他们却无法适应英国生活的精神上的原因。1927年至1928年,他们是向华人居民开放公园最坚决的反对者。

-23-

也是小宁电脑里留下的资料：《字林西报》上关于上海法西斯党支部的记录。这使她萌生了一个想法，她希望自己忙完手头的工作后，可以专心浏览一遍《字林西报》所有的合订本，选出一套资料选，供上海史的研究者使用。而且她相信，这也将是一种城市早年的秘史，可以很有趣味。

八、公园进行曲：影像、档案与素材

-24-

这是黄浦公园向华人公众开放前最后的春天，1928年的春天。在《字林西报》的漫画里，能看到公园门口华尔纪念碑从树梢间露出来的小小尖顶，公园右侧卖冰激凌和荷兰水的小售货亭，以及1920年代的春装式样。较为年长的那对男女，与迎面而来的较为年轻的男女都穿戴整齐，态度悠闲而慎重，这是1920年代游园的仪

《字林西报》中公园素描二

公家花园的迷宫

态,如同去一个露天沙龙。

这个春天对外滩意义重大,一个现代社会的公共空间终于形成,它的标志就是公园向华人开放,海事时代的殖民地形式,终于做出了向正常的公民社会改良的动作。这个公园六十年来,只能说是俱乐部式的外侨公共空间,这个春天,公家花园成为名副其实的黄浦公园,中国的第一家现代意义上的公园。此后,第二个公共空间——华懋饭店的咖啡馆和屋顶花园也向华人公众开放了。

开放后的黄浦公园,情形果然大为不同。华人和洋人,在公园中的表现仍旧有微妙的区别。洋人来享受,华人来看热闹。洋人落进华人的汪洋大海中,有点像马戏团的明星。他们之间的关系,果然还是不自然。但当时在上海度过少年时代的嘉道理爵士却回忆说:"世界上没有一个地方,如两次世界大战之间的上海那样,教会我们如何做一个世界公民。"嘉道理的说法倒是证明了颜永京多年前看似可笑的判断:在公园里华洋杂处,能增进不同种族间的国际感。

1940年代公园一景

公家花园的迷宫

— 26 —

2004年的苏格兰小城,沿街眺望窗中一景:一只中国的青花瓷瓶,亨利家1950年从上海带回去的花瓶。

八、公园进行曲：影像、档案与素材

- 27 -

伦敦唐人街上的一家年代悠久的茶铺：吉迪最喜欢的店铺。

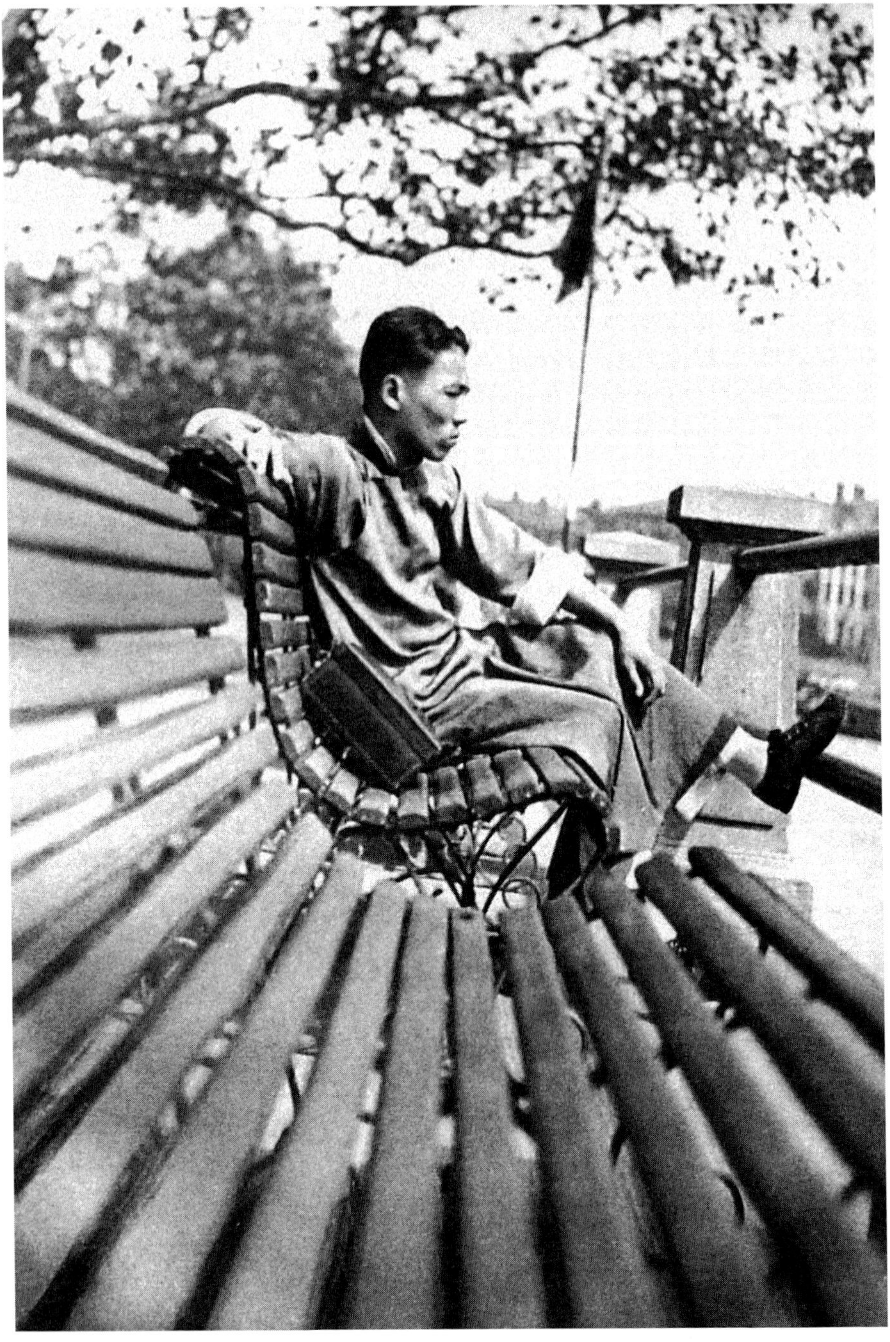

八、公园进行曲：影像、档案与素材

- 28 -

1928年的工部局董事会会议记录：

在回答公园是否马上开放的问题时，总董说，他已明确，董事会以为应向每位入园者收取小额门票，从而既可排除各种令人不快者入园，又无种族歧视嫌疑。贝尔先生说北京的公园已如此收费了。总办补充说，在公园委员会中只有西人委员反对收门票。贝尔先生认为只能在两个大公园采取门票制度。

有人提议公园可以使用季度票，同时，那些能出示工部局房捐收据的人应可免费入园。最后，决定由总裁综合出一个定本，呈交董事会审议。

允许华人进入公园和公共场所

在提交的一份报告中，总裁就解除对华人进入公园和公共场所的禁令后，公园和公共场所的管理问题提出一些建议。总办读了一封两位日本侨民的来函，来函声称代表市政研究会，反对收门票的计划。福岛先生支持这一反对意见。他说自己曾赞成建立公园门票制度，但他现在认可住在虹口公园附近的许多日本侨民要保持现有特权的主张，此后，他提及，收门票会对学童造成不便。他还认为过一阵，华人也许就不会那么热衷于公园。

总董表示，上海可以引进法国公园的规章，对入园者的着装做出规定。

总办说，他从一位在上海生活多年的福斯特修士那里得知，无论收多少门票费都会受到穷困俄国人和其他人的强烈抗议。然而，他补充说，参加公园委员会有关这一问题讨论的华人代表倒不反对收费。经过讨论，董事们接受了总董的意见，即进公园要收大约五个铜板，而公家花园则收取十个铜板，儿童优惠。

允许华人进入公园，会议通过此讲话。

贫穷的肺结核病人免费进入公家公园

拉姆先生间接提及，昨天的工务委员会会议上，提出一个问题，即是否应该向贫穷的肺结核病人免费发放公家公园的门票，令他们可享受阳光和新鲜空气。他声称卫生处处长已经接受了这个与人为善的建议，并希望在董事会休会前的最后一次会议上获得通过。

从这些纪录看，工部局并没有因为允许华人进入公园，而放弃对公园的管理。公园的确基本被华人占据了，华人实在是几倍地多于洋人。洋人的确越来越少去公园了。但工部局仍旧努力为维护公园秩序制定各种规定，它的处境的确是越来越复杂了。

麦克诺登将军对目前的一元月季票能否阻止不受欢迎的人入园表示怀疑。财务处长提出，为达此目的，最好是取消月季票，而保

八、公园进行曲：影像、档案与素材

留经常的单独门票。但总董认为，这样做将会特别对儿童及其他每日游园者负担太重。

会议决议：自1938年6月1日新月季票生效，公园月季票价如下：

进入所有公园票价2元

只能进入兆丰公园票价1元

进除兆丰公园外所有公园票价1元

~~~~~~~~~~~~~~~~~~~~~~~~~~~~~~

工部局文件里关于公园的记载到此结束，这是1938年。

这些出自上海公园的游园规则，后来渐渐成为全国沿用的游园规则。直至1980年代，我们还能看到园规中明文规定，穿拖鞋背心者不得入园，骑脚踏车者不得入园，不得攀折园内花木等等。至1980年代，大多数公园还实行门票和月票制度，直到公园再次免费向公众开放。

公园日景

公家花园的迷宫

-29-

1932年,大革命失败,已在上海躲了好几年的茅盾,发现黄浦公园成了恋人们的约会圣地,这是公园开放后的新风气,每到黄昏,恋人们便成群结队地来公园散步。但是他不喜欢。

公园是卖门票的,而衣裳不整齐的人们且被拒绝"买"票。短裳朋友即使持有长期游园券,也被拒绝进去,因为照章不能冒用。所以除了外国妇孺(他们是需要呼吸新鲜空气的),中国人的游园常客便是摩登男女,公园是他们的恋爱课堂。

他也不喜欢见到的那些上海女子:

女人简直是怪东西。说她们是外国人罢,她们可实在是中国人;说她们是中国人呢,哼!不像!

上海人说,经过了六十年的争执,公园终于向华人开放了。可在茅盾看来,这地方,这些人,都已不像中国的了。

一般的上海小市民似乎并不感到新鲜空气,绿草,树荫,鸟啼……等等的自然界景物的需要。他们也有偶然去游公园的,这

八、公园进行曲：影像、档案与素材

才是真正的"游园"：匆匆地到处兜一个圈子，动物园去看一下，呀！连老虎狮子都没有，扫兴！他们就匆匆地走了。每天午后可以看到的在草茵上款款散步，在树荫椅上绵绵絮语的常客，我敢说十九是恋爱中的俊侣，几乎没有例外。常试欲找出上海的公园在恋爱课堂以外的意义或价值来。不幸是屡次失败。

茅盾在文章里大大地摇头。

公园夜景

- 30 -

　　1958年春天，已是尘埃落定的新中国。上海经历多次改造后，出现了从未有过的纯洁的城市面貌。清除了外滩川流不息的妓女，乞儿，银元贩子，兵痞与流民，结束了战乱和经济崩溃以及口岸城市特有的投机气氛，短暂的清洁与安定，给予人们许多对新生活的期待。

　　不过，在已收归国有的黄浦公园里，在沿江的条椅上，仍能看到成双捉对的情人。这张照片，来自于1958年出版的英文对外宣传画册《上海》，我在美国的图书馆里找到了它。公园里"树荫椅上绵绵絮语的"的情人们，是新上海的明媚形象。从这张照片上，能看到1930年代的公园风气，竟得以保存。当年引起茅盾不适的通商口岸城市的不良风气，从另一个角度看来，呈现出了安适而驯良的和煦。去公园谈恋爱，成为被市民社会认可的规范。

1950年代的公园情侣

公家花园的迷宫

-31-

从1970年代到1980年代，沿江一带的堤岸形成了著名的情人墙，成百对情人密密麻麻地沿江而立，展览他们的爱情。这就是史美娟自幼看到的情形。

公园里的情人们在越来越禁锢的中国，渐渐成为世界著名的爱情之地。人们来到上海，总要设法到外滩来看看传说中情人肆无忌惮亲热的地方。史美娟由衷为这个公园感到自豪。她不像吉迪那样能体会到这公园风气里的伧俗之气，如茅盾的感受。

人们在年少时，常常不能体会到上海人心目中深藏的阶层之感。史美娟和吉迪就是这样。

吉迪以为自己能超越所有的世俗，借助俄罗斯文学中民粹主义者的柔情，但他终于在那拥挤的公园里明白，自己不能。后来，在伦敦，父亲有次对他郑重地说，你可以去找自己喜欢的生活，可以去尝试，只是你要永远记得自己姓什么，记得你的血统，你不能在死的时候像个草民。那时他想起了史美娟，他理解了，早在那时，他已经晓得有些事，自己永远不会做。

那时他就明白，自己与在公园长大的女孩，如同一道无解的几何题，他们如两道平行线，再如何延伸，也不会有相交的那个点。

八、公园进行曲：影像、档案与素材

1950年代的公园沿江岸（摄影：中村哲）

32

多年后，史美娟独自重游外滩，她坐在外滩堤岸上的冰激凌店里，眺望对岸。少年时代荒凉的浦东已成繁荣的城市，对岸的陆家嘴，仿佛是外滩生出来的儿子，洋溢着同样急不可耐的野心与乐观。她眺望那些闪闪发光的高楼，再一次愉快地感到，自己正好命地跻身于城市的心脏。这一直是史美娟最喜欢的感觉，只要在外滩，她就能为自己是个地道上海人而自豪。她能感受到自己与这土地的血肉联系。从这个角度比较，史美娟和吉迪，这两条平行线，史美娟比吉迪要更幸福。比起与这个城市渊源深厚的吉迪，城市草根史美娟，更肯定自己的上海人身份。也更安于这个身份。倒是吉迪，终身都在摇摆之中。

更深入去想，这更是海事时代的通商口岸城市的特点。这样的城市，精英人物对认同它更疑虑重重，因为它的口味太混杂，它的行为太投机，这些都不高尚。

当然，吉迪的疑虑和小雯子的疑虑又有不同。到了伦敦，有时吉迪才能体会到小雯子在上海的感受。每当想到这些，吉迪都会觉得被羞辱，他从未提及过，但他有时想，这种深藏的羞辱感，才是筷子俱乐部成员的基本共识。他越来越相信，人

八、公园进行曲：影像、档案与素材

的行为是由一些无法启齿的羞辱感为动机。

小宁似乎没有这样的困扰。她总是将自己置之度外，她以自己不属于任何地方为荣。可这难道不是一种在通商口岸城市里长大而形成的性格吗？

外滩

- 33 -

这是史美娟回家时经过的礼查饭店,她看见店招上的外国人和马车,想起了去世的父亲。

八、公园进行曲：影像、档案与素材

-34-

2006年，史美娟家的老房子。当年这里是公共租界里离外滩最近的华人社区，现在，这个社区即将消失在城市改造中。从这个社区搬迁出去的居民，四散在远离上海旧城的各个新区里，许多人去了莘庄，和史美娟一样。他们将老家带出来的旧家什，有时是一张旧八仙桌，有时是一张父母留下来的棕绷大床，安放在新式的公寓里。就这样安顿下来。

虹口民居

公家花园的迷宫

-35-

1989年至1992年,外滩地区扩建改造,这是外滩第二次世界大战后的第一次大修。为了防止黄浦江台风季节的倒灌,加高了堤岸,黄浦公园沿江风景最佳的堤岸和堤岸边的坐椅因此永失。

由于修建人民英雄纪念塔和停车场,黄浦公园内的小花园和草坪,以及音乐亭被拆除。当初被无数回忆录和外滩介绍津津乐道的,已精心养育了上百年的植物和花卉,和与旧英国领事馆遥遥相对的草坡,都已不复存在。

由于浦江潮的雕像太高大,公园不再是一块微微起伏,但平坦的水边绿地,它失去了本来与江水相连,一直可以眺望到吴淞锚地的开阔视野。

公园和公园中的外滩历史纪念馆都免费向公众开放。

1989年外滩改造（摄影：马克·吕布）

外滩改造后的公园纪念碑

-36-

小白回国过春节时，特意来到公园，看新建的纪念塔。这时，老枪已经去世，刘伟已成为著名的学者。纪念塔像三根靠在一起的来福枪，高耸入云。小白仰头试图找到它的顶部，这时突然有一句话浮上心头：中国人民从此站起来了。

他对这个雕塑并不十分反感，只是觉得它未免太大，太粗鲁。他想，要是这个雕塑做成当年的华尔纪念碑一样大小，就做成三支疲惫地靠在一起的来福枪，他在感情上是能够接受的。在他看来，这个公园早已不是一个普通的公园，它的命运，就是一段被强迫的全球化历史的象征。在如此的命运里，纪念碑的此起彼伏是正常不过的。每个纪念碑的出现，都有它的意义。只是，如果它小一点，才能与公园的整体和谐。

那三杆枪，小白想象着它们的古老和疲惫，一杆应该是华尔常胜军的，他们帮清朝平定太平军，稳定了租界，并建立了洋军勇敢而且有操守的好名声。第二杆应该是十九路军的，他们保卫四行仓库时，是全上海人民最团结，与大陆腹地最心心相连的时刻。第三杆则肯定是陈毅的军队的，他们结束内战，解放上海，露宿街头的士兵们枕枪而眠，感动了上海。

小白仰着头想，这个城市的历史，真是有意思啊。

八、公园进行曲：影像、档案与素材

人民英雄纪念塔

-37-

看到那些上海革命史的浮雕，小白便想起了老枪。他对上海史的思路从那些浮雕里浮现出来。也许，老枪也作为历史学家，参加了这组浮雕的构思。要是回到从前，小白大概会对其中的民族主义情绪不屑一顾。但在美国小城默默地住了这么多年以后，小白此刻发现，自己已能怜悯这在数代人的精神中埋藏的恼羞成怒的感情。

纪念塔浮雕墙

八、公园进行曲：影像、档案与素材

-38-

黄浦江畔纪念碑的铭文。站在那块花岗岩纪念碑前，我总是想象我小说中的这些主人公们，如果他们也站在这里，读这段铭文，他们会怎么想，怎么做。我大致能猜出来他们的想法，真正的众说纷纭。

比如，史美娟应该会一掠而过，不怎么在意大黑字的含义。而小白会想改动那些看上去像是老枪作过顾问的铭文，比如把这

纪念塔浮雕墙

公家花园的迷宫

句"奔腾不息的江水,象征着一百多年来上海人民前赴后继,百折不挠的斗争历史",改成"奔腾不息的江水,象征着一百多年来包括外侨在内的上海人民建设伟大都市的特殊历史",而吉迪则冷笑一声,对自己说:"谢天谢地,我已不必为此感到害怕,甚至生气了。"而亨利一家则会敏感到,那"拔地而起,高达六十米的三根花岗岩塔体"根本就是三根来福枪,象征着剥夺他家在远东幸福生活的东方人,一根象征着数量巨大的租界华人纳税人群体,第二根象征着占领租界的日本军队,第三根则是共产党政府。那是因为他们站在各自不同的立场上,他们都会承认基本的历史事实,但一定有自己的解释。

  这亦是我觉得有趣的地方。在不同的理解和对铭文的评价中,能看到,这块土地仍未消失的政治性和多元性。因此可以上溯到金能亨先生致信工部局诸位先生们的年代,一百多年过去了,外滩真的为上海挽回了东方最没魅力的城市的臭名声,它如今是个著名的,而且富有象征意味的地方。而公园的变迁,则是堤岸上最著名的景观,亦是如今绝大部分来到外滩的游客必到之处,外滩的最佳观赏处,不光是地理上的,也是历史的。

八、公园进行曲：影像、档案与素材

-39-

小白在美国安下家来。当孩子离开家，去州立大学学经济后，他突然有了大把的时间。这是他来到美国后，第一次有了这么多时间，也有了恍惚回到年轻时代的心情，那种跃跃欲试的心情。他开始从学院的东亚系阅览室大量地外借图书，很自然地，小白恢复了他年轻时代最大的嗜好。他这才发现，中国在他离开的几十年里，出了这么多有意思的书。在他看来，这真是一个新时代了。他在大学时代曾热切地盼望过这样的时代，只是万万没想到，这个时代究竟是到来了，他自己却已远在他乡，无法真正享受到它那激动人心的自由。小白思乡了，像一个真正的老华侨那样，心中暗暗含着一滴内容复杂的泪水。

在那些书里，他找到了一套《周作人日记》，那个他上学时著名的文化汉奸。他取了那套书，找了个安静角落读起来。读这本书的初衷并不高尚，但是很合乎情理：他想看看到底周树人对周作人的日本妻子做了什么，让他们这对著名的文坛胞兄弟如此反目成仇。这是本据说从未想到过要发表的私人日记，应该真实。

1903年周作人到了上海。小白本能地没有翻过，而小心读了起来。他心中掠过一阵乡思。

他突然看到日记里记载着："上午乘车至高昌庙，晤封燮

公家花园的迷宫

臣,同至十六浦。途中经公园,地甚敞,青葱满目。白人游息其中者无不有自得之意,惟中国人不得入。门悬金字牌一,大书'犬与华人不准入'七字,哀我华人与犬为伍。园之四周皆铁栅,环而窥者甚多,无一不平者。奈何竟血冷至此!"

"这是公园门上曾有八字牌子的人证!"小白心中高呼一声。老枪的气息一下子扑到鼻尖上,飞马牌香烟的气味。"原来是七个字,这样七个字。"中国墨汁的气味也紧跟着扑到鼻尖来。

"高昌庙是江南造船厂所在地,如果这样行至十六铺,似乎不会经过黄浦公园。"小白想,"但也许他们在堤岸草地上逛了逛,那里当时也不让华人随意进去的。"

"当时工部局制定的牌子或是木头的,后来也有洋铁皮的。但从未听说过做金字招牌。"小白又想。"也许是自己资料做得不精。"他翻过去看了看版权页,这是1997年出版的,"难怪那时我们想做再现时死活找不到它。但当时要是找到了,真的就能拿它当证据吗?周作人可是人民公敌。"但他心中那久违的快乐,仍是一个学历史的人找到了证明历史事件的证据的快乐——一种急于发布,因而得以参与历史见证的快乐。

小白在寂静的东亚阅览室里,从周作人周正清秀的毛笔字里抬起头来。他的头发早早地白了。有一个被他压制多年的念头终于被释放出来,就像被按在水中的皮球终于湿漉漉地跳了出来。他确认自己热爱成为一个上海史专家,他确认自己后悔来美国生活了。小白的生活在这寂静的一刻,如积木城堡一样塌陷成了碎片。

八、公园进行曲：影像、档案与素材

歇浦之游览（十九日）

九（日）丙雨止舟抵上海雇车至十六浦张芝芳兄处遇启浙人德于贾人极闹通两哑鸠有女数人俱入学重伍君与之识为介绍因往见酉住晚乘马车出四马路自树买群学肄言一身为芝芳迩往看戏夜出四写

公园之感情 二十日

上午乘车至高昌庙暗封燧臣公至十六浦途中往公园地甚敞花意满目四人进息其中芳无不有自得之意惟中国人不得入门悬金字牌一大书：犬与华人不准入也字底我华人与犬为伍固之西国所趣悔琛四冥芳甚久难悉一不去余何言也去公歇

汽船之实况久苦热 二十二日

千丁街往虹口下日季邮船于与罗之芝芳同去船中有

周作人日记影印

本文历史图片来源

上海图书馆馆藏图片
Twentieth Century Impressions of Hongkong, Shanghai, and other Treaty Ports of China
《近代上海繁华录》
《上海》
《字林西报》
《上海外滩南京路史话》

其他图片除署名外，均为陈丹燕拍摄

图书在版编目（CIP）数据

公家花园的迷宫/陈丹燕著.-上海：上海文艺出版社.2014.3(2022.2 重印)
ISBN 978-7-5321-5216-2
Ⅰ.①公… Ⅱ.①陈… Ⅲ.①纪实小说-中国-当代
Ⅳ.①I247.5
中国版本图书馆CIP数据核字（2014）第 037677 号

发 行 人：毕　　胜
责任编辑：陈　蕾
装帧设计：杨　军

公家花园的迷宫
陈丹燕　著
上海世纪出版集团
上海文艺出版社　出版
上海市闵行区号景路 159 弄 A 座 2 楼　201101
上海世纪出版股份有限公司发行中心发行
上海市闵行区号景路 159 弄 A 座 2 楼 206 室　201101　www.ewen.co
苏州市越洋印刷有限公司印刷
开本 889×1194　1/32　印张 7.875　插页 4 字数 161,000
2014 年 3 月第 1 版　2022 年 2 月第 4 次印刷
ISBN 978-7-5321-5216-2/I・4123　　定价：48.00 元

告读者　如发现本书有质量问题请与印刷厂质量科联系
T：0512-68180628

NON-FICTION WORK OF CHEN DANYAN

陈丹燕作品
外滩三部曲

The Bund Trilogy

《成为和平饭店》

成为"和平饭店",
成为上海的历史见证

《公家花园的迷宫》

一段扑朔迷离的公案
一座身世传奇的公园

《外滩：影像与传奇》

影像式表达与非虚构讲述
联袂再现
外滩前世今生的传奇

上海文艺出版社

SHANGHAI LITERATURE AND ART PUBLISHING HOUSE

NON-FICTION WORK OF CHEN DANYAN

陈丹燕最新作品
陈丹燕的上海

Chen Danyan's Shanghai

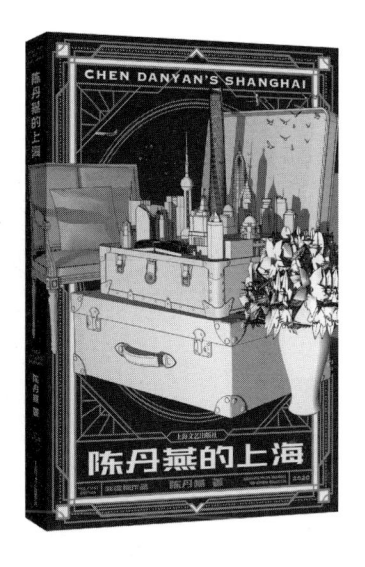

就像马可·波罗为威尼斯而生,陈丹燕为上海而存在,上海也因她而更动人。
《陈丹燕的上海》从1960年代开场,不仅有风花雪月,更有风雪里的人间烟火。
不仅有红颜往事,更有往事里的锅碗瓢盆。
最有意思的是,社会主义时期的少女记忆,构成了书中的潜文本。

上海文艺出版社

SHANGHAI LITERATURE AND ART PUBLISHING HOUSE

NON-FICTION WORK OF CHEN DANYAN

陈丹燕作品
上海三部曲

The Shanghai Trilogy

《上海的风花雪月》

上海总是充满生机、冲突与野心。它不曾清高避世，也不曾铿锵激昂，但它的风花雪月里，却遍布细小而坚实的隐喻。

《上海的金枝玉叶》

她是上海永安公司老板的千金，她叫戴西。
陈丹燕从数十张一岁到九十岁的私人影像入手，勾连起这个历经磨难却依然芬芳洁净的女子，沧海桑田的一生。

《上海的红颜遗事》

她是旧上海电影明星上官云珠的女儿，她叫姚姚。
陈丹燕沿着幸存者痛苦的记忆攀援寻找，使这个上海女子的悲怆往事，成为上海历史的独立见证。

上海文艺出版社

SHANGHAI LITERATURE AND ART PUBLISHING HOUSE